어머니의 죽음

Swimmimg in a Sea of Death

어머니의 죽음

Swimmimg in a Sea of Death

데이비드 리프 | 이민아 옮김

이후

어머니의 죽음

—수전 손택의 마지막 순간들

지은이 | 데이비드 리프
옮긴이 | 이민아
펴낸이 | 이명회
펴낸곳 | 도서출판 이후
편집 | 김은주
표지 · 본문 디자인 | Studio Bemine

첫 번째 찍은 날 | 2008년 7월 11일

등록 | 1998. 2. 18(제13-828호)
주소 | 121-836 서울시 마포구 동교동 165-8 엘지팰리스 827호
전화 | 대표 02-3141-9640 편집 02-3141-9643 팩스 02-3141-9641
홈페이지 | www.e-who.co.kr
ISBN 978—89-6157-012—1 03840

이 도서의 국립중앙도서관 출판시도서목록(CIP)은 e-CIP 홈페이지
(http://www.nl.go.kr/cip.php)에서 이용하실 수 있습니다.
(CIP 제어번호: CIP 2008001958)

"미란다를 위하여"

시간은 언제나 시간이요
공간은 언제나 오로지 공간임을 알기에
그리고 이 세상에 존재하는 것은 오로지 단 한 번,
그리고 오로지 한 공간에 존재한다는 것을 알기에
세계를 지금 있는 모습 그대로 기쁘게 받아들이며
저 축복받은 얼굴을 단념하노라.

T. S. 엘리엇
1930년, 「성회일Ash Wednesday」 중

차례

SWIMMIMG IN A SEA OF DEATH

1

꿈에도 생각하지 못한 일이었다. 나는 장기간의 외국 여행을 끝내고 이제 뉴욕 집으로 돌아가는구나, 생각하고 있었다. 그러나 현실은, 어머니의 죽음으로 끝나게 될 여행의 출발점이었다.

구체적으로 말하자면 2004년 3월 28일 일요일 오후, 런던의 히스로 공항이었다. 중동에서 돌아오는 길이었다. 한 달 가까이 한 잡지에 아라파트 통치 말기의 팔레스타인에 관한 기사를 써 왔다. 동예루살렘과 서안 지역을 왔다 갔다 하고 나니 집으로 돌아간다는 생각에 마음이 편해져 집에 다 온 기분이었다. 그것 말고는, 머릿속이 상당히 멍하기는 했다. 그 여행에서는 원하던 것을 얼마 얻지 못하여 낙심천만이었다.

이 기사를 쓴다는 것이 어려울 것이라고는 생각했다. 게다가 숙취 때문에 피로하기도 하고, 아직은 취재 내용을 글로 옮길 상태가 아니었다. 그건 집에 가서 하지. 그래서 대신 유나이티드 에어라인 휴게실에서 전화를 돌렸다(기사를 다 쓰면 집에 전화하는 것이 오랜 습관이었다). 그때 내 어머니, 수전 손택의 병이 재발했을 수 있다는 이야기를 들었다.

어머니가 밝은 모습을 보여 주려고 무던히도 애쓰는 것이 눈에 선했다. "어쩌면 뭔가 잘못된 게 있을지도 몰라." 내가 서안 지역이 어땠는지 구구절절 늘어놓고 난 뒤에야 어머니가 하는 말이었다. 어머니는 내가 떠나 있는 동안 일 년에 두 차례 정밀 검사와 혈액검사를 받았다고 했다. 6년 전 자궁육종 수술과 화학요법 치료를 받은 뒤로 정기적으로 받아 온 검사였다. "방금 혈액검사 결과가 나왔는데 그다지 좋지 않아 보인다는구나." 어머니는 이렇게 말하고는 이미 몇 가지 정밀 검사를 다시 받았다면서, 이틀 전에 추천받아 후속 검사를 해 준 전문의를 다음 날 만나러 갈 건데 같이 갈 수 있겠는지 물었다. 그때쯤이면 최종 결과가 나올 것이라고 했다. "보나마나 아무것도 아닐 거야." 어머니는 자궁육종과, 1975년 진행성 유방암 치료를 위한 근치적 유방 절제술을 받고 나서 겪었던 줄기찬 허위 경보 목록을 다시 언급했다.

어머니는 보나마나 아무것도 아닐 거라는 말만 되풀이했

다. 얼이 빠진 채 나도 어머니의 말을 되받기만 했다. 우리는 서로의 말에 동의했고, 우리 둘 다 이런 소리를 하는 것이 적어도 이론적으로는 완전히 정신 나간 짓은 아니었다. 숱한 허위 경보 중 어느 것도 진짜는 아니었으니까. 한번은 정밀 검사로 왼쪽 신장에서 무언가 발견된 적이 있다. 그것도 암인 줄 알았지만 결국에는 어머니의 신장 모양이 특이할 뿐이었다는 것으로 밝혀졌다. 어머니가 갑작스레 위경련을 일으켰는데 담당의들이 대장암일지도 모른다고 염려했던 적도 있다. 그런 염려도 근거 없는 것으로 판명되었다. 암을 앓은 사람들이 다 그렇겠지만, 40대 초반에 처음 암이 발병한 이래 잊혀지지 않고 자꾸만 나타나는 다모클레스의 검(언제 닥칠지 모르는 위험. 옮긴이)과 더불어 살면서 어머니는 힘들게나마 그런 소식을 평온하게 받아들이는 법, 아니 최소한, 평온하게 행동하는 법을 깨쳤다. 우리는 이번 것도 허위 경보일 것이라고 말했다. 이 단계는 이미 지나지 않았느냐고. 그러나 우리의 말은 가쁜 숨처럼 얕았고 태연함은 평정이라기보다는 무감각에서 온 것이었다. 부끄러운 얘기지만 전화를 끊었을 때, 나는 해방된 기분이었다.

전화를 끊고 나서 아무것도 생각하지 않으려고 히스로의 활주로에 뜨고 내리는 항공기들을 멍하니 바라보는데 내가 탈 비행기편의 탑승 안내 방송이 들려왔다. 나는 비행기에 오르자 바로 술에 취했지만, 그거야 늘 있는 일이었다. 비행기에서 내리자마자 집으로 갔다. 도착해서 어머니 아파트에 전화를 걸었지만 어머니 친구가 전화를 받아 어머니는 잠들었다고 했다. 나도 그래야 할 것 같았다. 그러고는 잠들었다. 그렇지 않았다면 이번에는 형 집행 연기 따위는 없을지도 모른다는 생각에 고통스러워 비명을 질러댔으리라. 어머니의 심정이 어떨지는 상상조차 할 수 없었다.

다음 날 아침 어머니를 모시러 아파트로 갔다. 척 보아도 휴식은커녕 잠 한숨 자지 못한 것이 선연했다. 돌이켜 생각해 보면, 어머니는 굉장히 명랑했고 나는 가까스로 그런 체만 했던 것 같다. "가까스로"라고 말하는 이유는 내가 차분함을 유지하기는 했어도, 내가 무언가 말하고 그 목소리를 듣는 사이에 감지하기는 힘들지만 아주 짧은 멈춤이 느껴졌기 때문이다. 이제 와서 하는 소리지만, 그때 어머니를 꼭 껴안아 드렸거나 손이라도 잡아 드렸더라면 얼마나 좋았을까. 그러나 어머니나 나나 몸으로 정을 표현하는 사람들이 아니었다. 사람들이 위기에 처했을 때 오히려 자신의 부족한 점을 극복했다는 인간 승리 이야기도 있고 그런 이야기를 다룬 책도 많지만, 적어도 내가 경험하기로는 그럴 때 자신의 본모습이 겉으로 드러나는 경우가 더 많다. 어머니와 나는 말을 몇 마디 주고받았다. 하지만 지금 생각하니 다 하찮게만 느껴진다. 남부연

합의 달러나 소련의 루블처럼. 내가 느꼈던 공포는 기억나지 않지만, 어머니가 느꼈던 공포는 선명하게 기억난다. 그런 와중에도 어머니는 계속해서 중동 상황을 이야기했고, 나는 어머니를 감동시키는 것은 고사하고 뭔가 의미 있는 이야깃거리 하나 생각하지 못하고 야시르 아라파트며 그의 라말라 저택 얘기나 떠들었다(그런 게 뭐 그렇게 중요하다고). 이 대화는 전문의 진료실(좀 더 정확히 하자면, 백혈병 전문의 진료실)에 도착할 때까지 계속되었다.

A 박사(이 사람에 대한 나의 감정으로는 실명을 거론하고 싶지 않다)는 덩치 크고 태도도 자기 덩치에 걸맞게 과장된 (그리고 내가 느끼기에는 으스대는) 사람이었다. 적어도 내가 느끼기에는 그랬다. 어쩌면 그가 좋은 소식을 알려 주었다거나, 나쁜 소식이었대도 하다못해 전달하는 태도라도 좀 더 괜찮았다면 다른 인상을 간직했을지도 모르겠다. 수도사 터크(로빈 후드 의적의 한 인물로, 술을 사랑하는 유쾌한 수도승. 옮긴이)나 디킨스 작품의 명랑한 인물 정도로. 하긴, 당시 나는 걱정으로 초긴장 상태인데다 점점 혼란스러워지고 있었다. 모든 것이 뒤집힌 것 같았고, 딱딱한 것, 무른 것을 구분하지 못할 정도로 얼이 빠져 있었다. 내가 할 수 있는 일이라곤 A 박사와 악수를 하고 기계적으로 웃으면서 그 사람이 여러 나라를 돌아다니는 기자에 관해서 하는 말을 들어주고는 어머니 곁에 앉는 것

밖에 없었다. A 박사가 그 소식을 전달하는 동안 널찍하고 뒤죽박죽인 책상 너머로 그의 얼굴을 뚫어지게 바라보던 기억이 난다. "아무것도 아닐 거"라더니……. 그렇기는커녕, 그 소식은 모든 것이었다. 상상도 할 수 없을 정도로, 모든 것. A 박사는 꽤나 거침없었다. 지난 금요일에 한 검사 결과들(혈액검사와 골수 생검)을 볼 때 어머니가 의심할 여지없이 골수이형성증후군(myelodysplastic syndrome, MDS)이라는 것이다.

어머니와 나는 A 박사를 멍하니 바라보았다. 이 말은 우리한테 아무런 의미도 없었다. 우리는 혼란스러웠고, A 박사는 갑갑해했다. 골수이형성증후군이란 특히나 치명적인 혈액암의 하나라고, 마을의 멍청이 일가를 앞에 앉혀 놓고 가르치듯 천천히, 또박또박 설명했다.

"아무 말이나 해 봐."

나는 속으로 다그쳤다. 머릿속이 쿵쾅거렸다. A 박사의 말투를 따라하려고 애쓰면서 나는 간신히, 정말로 확신하는가 물었다. 많은 암이 유사한 증상으로 나타나지 않느냐면서. A 박사가 머리글자 약어와 교수법에 의지하려는 것처럼 나는 의학 전문 용어에서 은신처를 구했다. 의심의 여지는 없는지, 그저 무언가가 잘못된 것이며 그 '무언가'가 어떤 덜 치명적인 것으로 판명될 가능성은 없는지 물었다. A 박사는 단호히 고개를 저었다. 혈액검사는, 무엇보다도 골수 생검은 절대로 모호할 수 없다고 말했다. 그러더니 계속해서 골수이형성증후군이 무엇인지 설명했다. A 박사는 온갖 낯선 용어와 표현을 쏟아냈지만, 나는 망연자실한 채 한마디도 귀담아듣지 않았다. 골수이형성증후군은 '불응성 빈혈증'이라는 특징으로 나타난다고 A 박사는 말했다. 어머니의 골수가 만들어 내는 줄기세포가 더는 성숙한 혈액 세포로 발전하지 못하고 '아세포'(정상적으로 기능하지 못하며, 골수에서 죽거나 혈액 속에 들어가는 거의 동시에 죽어 버리는 미숙한 혈액 세포)로 남아 있다는 것이다.

그때는 이런 설명이 머릿속에 하나도 들어오지 않았다. 물론 그것이 끔찍한 결과라는 사실은 제외하고. A 박사는 경험상 자기 말이 한 번에 이해되지는 않으리라는 것을 알았을 것이다. 그는 의사들이 흔히 그러듯이 환자를 어린아이처럼 대했다. 양식 있는 어른이라면 아이가 알아듣기 쉽게 말을 골라서 할 텐데, 그런 배려도 모르는 사람이었던 그는 강의하듯 말을 이어 나갔다. 어머니도 나도 그의 말을 막지 않았다.

강의가 다 끝나자 어머니가 골수이형성증후군에 어떤 치료법이 있는지, 치료될 확률은 어느 정도인지 묻기는 했다. 이번에도 어머니를 배려한다거나 어머니에 대한 연민을 표현하거나 이 상황이 얼마나 끔찍한지 자기도 안다고 공감해 줄 기색은 보이지 않았다. 모든 의사가 이런 식으로 행동했다면 그를 용서할 수 있었을 것이다. 그러나 감사하게도, 모든 의사가 이런 식으로 행동하지는 않는다는 것을 나중에 알았다.

A 박사의 강의열은 식을 줄을 몰랐다. 그의 대답은 대단한 효험을 본 치료법은 사실상 없으며, 적어도 장기적 완화를 유도할 만한 것조차 전혀 없다는 얘기였다. 물론 환자의 '삶의 질'을 개선할, 임시변통용 약은 많았다. 어머니의 투병 기간 동안 우리가 의사들이며 간호사들한테서 걸핏하면 들었던 말이 (의사들의 상투어가 되었건 완곡어법이 되었건 특수한 의료 용어가 되었건) 바로 이 '삶의 질'이었다. A 박사는 또 종종 임시로 증세를 완화시키는 5-아자시티딘5-azacitidine이라는 약이 있다고 했다. 그러나 약효가 기껏해야 6개월 이상은 가지 않는다고 했다. '5-아자' 이외에 골수이형성증후군 환자가 장기간 생존할 수 있는 유일한 방법은 골수이식을 받는 것밖에 없다고 했다. 그러나 A 박사는 골수이식이 어머니 같은 70대 여성에게는 별로 희망적인 방법은 못 된다고 말했다. 사실상 A 박사의 소견은 골수이형성증후군이 (나로서는 도무지 낯설었지만 결국 무엇을 뜻하는지 알고는 두려워했던 표현이다) '모든 조건을 갖춘' AML, 즉 급성골수성백혈병acute myeloid leukemia으로 전환할 때까지 아무것도 하지 말고 잠자코 기다리라는 것이었다.

당장은 어째서 그런지 이해가 되지 않았다. 기다린다는 것은 자살 행위로만 느껴졌다. 급성골수성백혈병(AML)이 골수이형성증후군(MDS)보다 훨씬 심각해 보이는데 말이다(게다가 이런 머리글자들은 사람의 의식 속에 얼마나 빨리 와서 박히는지). 급성골수성백혈병은 줄기세포가 비정상 백혈구와 적혈구, 혈소판으로 발전한다. 이런 백혈병 세포 혹은 아세포가 많을수록 건강한 혈구와 혈소판의 자리는 줄어든다. 이것은 혈액과 혈소판 내 백혈구 세포가 일정 수치에 다다르면 인체가 더 이상 제 기능을 유지할 수 없다는 뜻이다. A 박사는 명백한 결과는 꼭 집어 말하지 않았다. 그 다음은 죽음이라는 사실 말이다. 그럴 필요가 없었다. 그 정도는 어머니와 나도 이해했다.

어머니는 내가 아파트에서 A 박사의 진료실까지 차로 모시고 가면서 중동 이야기를 할 때 얼굴에서 지워지지 않던 그 경직된 웃음을 띠고 있었다. 그러나 A 박사가 줄기차게 말하는 동안 그 웃음이 으스러지는 소리가 들려오는 것 같았다. 달걀 껍질 으스러지듯이. 그러나 나는 나도 모르게 어머니도 A 박사도 외면한 채 A 박사가 최근에 받은 50세 생일 축하 인사 카드며 그의 책장, 가족 사진을 보고 있었다. 아니, 실은 어머니를 제외한 모든 것을 보고 있었다. 그러니 장담은 할 수 없다. 어머니가 얼마 지나지 않아서 입을 열었다는 것은 기억한다. "그러니까 지금 말씀은……" 어머니의 말은 가슴에 사무치도록 신중했고, 지금 그 목소리를 기억하는 것만으로도 숨이 멎을 것만 같다. "……사실상 할 수 있는 일이 아무것도 없다는 것이군요." 어머니는 잠시 틈을 두었다 말을 이었다. "내가 할 수 있는 게 아무것도 없다고요."

A 박사는 직접 답하지는 않았지만 그 침묵은 흔히 쓰이는 표현 그대로, 웅변적이었다. 우리는 몇 분 뒤, 앞으로 무엇을 하고 싶은지("하고 싶은"이라는 말이 유독 음산하게 느껴졌던 것으로 기억한다) 잘 생각해 보고 나서 다시 찾아오라는 기본적인 안내 사항을 전달받고 병원을 떠났다. 시내로 차를 타고 가는 동안 어머니는 창밖을 응시했다. 5분쯤 지났을까, 어머니는 창에서 고개를 돌리고는 의자에 몸을 기대면서 나를 보고 말했다. "우와, 우와."

최악의 일이 일어나는 것은 가장 예기치 못한 순간이라는 말을 통계적으로 증명할 길은 없을 것이다. 그러나 끔찍한 일은 실제로 일어나며, 그럴 때면 누구나 그렇게 느낀다. 어쩌면 오히려 그것이 다행일 수도 있다. 최악의 상황을 각오하고 살았다 하더라도 막상 그 상황에 맞닥뜨리면 결국에는 견딜 수 없는 일일 테니까. 엘리아스 카네티Elias Canetti의 희곡 가운데 모든 등장인물이 목에다 자기가 죽을 해를 알리는 목걸이를 걸고 돌아다니는 이야기가 있다. 그리고 이 전제가 이 희곡의 요점이다. 그런 정보를 알고 살아간다면 삶이 죽음의 대기실 이상이 되지 못하리라는 이야기다.

카네티가 떠오른 것은 어머니가 그의 작품을 사랑했기 때문만은 아니다. 어머니는 카네티에 관한 에세이도 한 편 썼는데, 나한테 그 글은 한 작가가 다른 작가의 작품에 관해 쓴 에세이인 동시에 에세이를 가장한 자서전으로 느껴졌다. 어머니가 그 작품에서 가장 소중히 여긴 것, 카네티라는 작가에 관한 것보다도 더 소중히 여긴 것은, 그의 죽음에 대한 공포였다고 생각한다. 좀 더 정확히 하자면 어머니는 카네티가 젊었을 때건 노년에 이르러서건 자기가 언젠가는 죽어 없어질 존재라는 사실과 화해할 수 없었다는 점에 공명했다. 카네티는 "나는 죽음을 저주한다"고 썼다. "나도 어쩔 수 없다"고. 카네티의 이 말은, 어머니가 그랬듯이, 창세기를 옹호하는 것이라고 보아도 될 것이다. 어머니는 어릴 때 일기(시카고 대학에 다니던 열여섯 살 시절 것)에 "언젠가 내가 더 이상 살아 있지 않을 것이라고는 상상조차 할 수 없다"고 썼다. 카네티가 그랬던 것처럼 어머니도 슬로언-케터링 암 센터에서 세상을 떠나던 순간까지 이런 정서를 품고 살았다. 일흔두 살 생일을 3주 남짓 남겨둔 그날까지.

내가 하고 싶은 말은, 어머니가 살아온 대로 돌아가셨다는 이야기다. 사람은 누구나 죽으며, 어머니도 언젠가는 죽는 존재라는 사실과 화해하지 못한 채로. 그런 고통을 겪었는데도.

정말이지, 어머니가 겪으신 고통이란! 어머니는 그 모든 것을 무릅쓰고 카네티와, 위대한 시 「새벽의 노래Aubade」에서 죽음에 대한 두려움과 종교적 위안, 여타의 정신적 속임수에 대한 경멸을 노래했던 필립 라킨Philip Larkin과 한편에 섰다.

> 어떠한 이성적 존재도
> 자기가 느끼지 못하는 것, 보지 못하는 것을
> 두려워하지 않을 것이라는 허울 좋은 소리들
> 이것이 바로 우리가 두려워하는 것이라는 사실.
> 보지 못하고 듣지 못하고
> 느끼지 못하고 맛보지 못하고 냄새 맡지 못한다는 것,
> 생각도 사랑도 관계도 맺을 수 없다는 것,
> 아무것도 돌아오지 않는, 마비 상태.

나는 이 시를 어릴 때부터 암송해 왔지만 이 부분을 읽을 때마다 (이제는 라킨의 대머리와 꾹 다문 입술이 아니라 흑백이 섞인 어머니의 거친 머리털과 강렬한 짙은 눈이 떠오르지만) 어머니와 협상을 벌이고픈 마음이 간절하다. "어머니, 인생을 너무 사랑하지 마세요." 이렇게 말하고 싶다. "어머니는 늘 인생을 너무 높게 평가하셨어요." 그게 아니라면, 어머니를 위로해 드리고 싶다. 어머니가 라킨만큼, 아니 얘기 나온 김에 말하자

면, 나만큼이나 위로하기 어려운 사람이라는 것은 잘 알지만. 하지만 노력이라도 해서 내가 (비이성적으로) 상상하는 대로 어머니에게 죽음을 받아들일 수 있는 작은 여지를 드리고 싶고, 그게 안 된다면 최소한 죽음을 대하는 불교의 무심론 한 조각이라도 드리고 싶다. 1970년대 말에 유방암에 걸린 어느 여성이 어머니를 만나러 와서 서양 의료가 해 줄 수 있는 것은 일시적인 진정일 뿐이므로 관심 없다면서, 자기가 관심 있는 것은 '치유'라고 말했던 일을 어머니에게 상기시켜 드리고 싶다. 그때 어머니는 그 여성에게 말했다. "하지만 우리의 인생 자체가 일시적인 진정 상태입니다." 어머니가 그렇게 말했다는 사실을 상기시켜 드리고 싶다. 나는 우리가 누구나 언젠가는 죽는 존재라는 사실을 옹호하고 싶다.

그러나 내가 스스로에게 정직하다면 그래 봤자 별 소용이 없었으리라는 것을 인정할 수밖에 없다. 그렇게 말했더라도 어머니를 강하게 만들거나 무장시키거나 위로할 수 없었을 것이라는 뜻이다. 18세기의 어느 프랑스 작가가 친구에게 물었다. "왜, 나처럼 인생을 혐오하는 사람이, 죽음은 그렇게 두려워하는 건가?" 그것이 라킨의 관점이기도 했다. "삶에 대한 갈망을 그에 대한 승인과 혼돈해서는 안 된다"고 쓴 카네티도 같은 생각이었다. 그러나 어머니는 그렇지 않았다. 어머니는 삶을 사랑했고, 어느 정도냐 하면, 무엇이든 경험하고자 하는 욕망과 작가로서 이루고자 하는 욕망이 나이가 들수록 점점 더 강해졌다. 어머니가 이 세계에 존재했던 방식을 묘사할 어휘를 하나 선택해야 한다면 그것은 "열망"이 될 것이다. 어머니에게 보고 싶지 않은 것, 하고 싶지 않은 것, 알고 싶지 않은 것이란 없었다.

어머니는 평생 도서관에 장서를 채우듯, 열망을 실현하면서 살았으며, 외로웠던 소녀 시절 이래로 그 열망들 가운데 많은 것이 사그라들지 않고 지속되었다. 어머니가 직접 말한 적은 없지만, 어머니의 자의식이 이 수집 행위(어머니가 쓴 최고의 글에 너무나 자주 사용되었던 주제)에 복잡하게 얽혀 있지 않았을까? 다른 일기에서 어머니는 자신이 영원한 학생이며, 결국 자신이 가장 잘하는 것이 이것이 아니었을까 추측한다. 어머니는 흡수하되, 흡수되고 싶어하지는 않았다. 영원 속으로, 무無 속으로는 더더군다나. 어머니가 어째서, 도서관을 닫아버리고는 그 안에 소장된 것이 바람에 흩어져 다시는 복원되지 않기를 바라셨겠는가? 아니……어떻게 그럴 수 있었겠는가? "내가 있는 곳에 죽음은 없으며, 죽음이 있는 곳에 나는 없다"고 에피쿠로스Epikouros는 썼다. 그러나 일기에 썼듯이, 어머니가 상상할 수 있는 것은 존재하는 것뿐이었다.

내가 어머니를 위로할 수 있었으리라는 공상부터가 주제넘은 짓이었으리라. 그 어떤 것도 가리지 않고 이야기할 수 있었던 어머니가 사실 죽음을 직접적으로 언급하는 일은 거의 없었다. 그 생각을 끊임없이 했을 것 같긴 하지만. 아주 어렸을 때 일인데, 사람이 죽는다는 것이 어떤 것인지 이해하게 되면서(동기 치고는 좀 이상한 것이, 그런 생각을 하게 만든 것은 조지 워싱턴의 동상이었는데)그 생각을 떨쳐낼 수 없어 어머니에게 이야기하려고 했다. 나는 마음이 너무 불안해 금방이라도 울음이 터질 것 같았고, 어머니는 갖은 방법으로 나를 안심시키려 했다. 하지만 그때도 나는 내 비탄의 장막을 통해 어머니 자신도 얼마나 빨리 불안해지는지를 느꼈다. 그러고는 오래지 않아 나는 내가 어머니에게 위로를 구할 사람이 아니라 어머니를 위로해야 할 사람이라는 사실을 어렴풋이 깨달았다. "우리로서는 알지 못할, 화학적 불멸이란 것이 이 세계에서는 가능할 수도 있어." 어머니는 이렇게 말하고는 잦아드는 목소리로 덧붙였다. "하지만 우리한테는 너무 늦은 얘기가 될 것 같구나."

물론 나는 그때 너무 어려서 어머니를 위해 뭔가 해 드릴 수 없었다. A 박사를 만난 뒤로, 그리고 어머니의 마지막 투병 기간 몇 달 동안에, 어머니를 어떻게든 위로할 수 있었다면 얼마나 좋았을까. 대신 우리는 거의 마지막 순간까지 살 수 있다는 이야기나 암 투병 이야기는 하면서, 죽음에 관해서는 한 마디도 하지 않았다. 어머니가 그 주제를 꺼내지 않는

한 내가 꺼낼 마음은 없었다. 그건 어머니의 죽음이지 내 죽음이 아니었으니까. 그리고 어머니는 그 얘기를 꺼내지 않았다. 그 얘기를 한다는 것은 죽을 수도 있음을 시인하는 셈인데, 어머니가 원하는 것은 생존이지 사멸이 아니었으니까. 어떤 방식으로든, 살아남는 것 말이다. 삶을 지속하는 것, 어쩌면 이것이 어머니가 택한 죽음의 방식이었을지도 모르겠다.

다 지나 놓고 하는 얘기지만, 어머니가 백혈병 판정을 받기 한 해 전 사진을 보니 어머니가 이미 병을 앓고 있었다는 것을 알아볼 수 있을 것 같다. 어머니의 낯빛에 무언가 있는데, 큰일 났다고 고함치는 듯 생기 없고 창백하고, 또 표정에서도 무언가가 느껴진다. 눈에 고통이 서려 있기는 하지만, '아파한다' 는 표현은 너무 약하다. 물론 어머니의 병이 그때 이미 확연했던 건지 아니면 내가 그때 찍은 사진에서 이런 것을 읽어 내려 하는 건지는 모르겠다. 미국국립암연구소의 골수이형성증후군 관련 웹페이지에서는 "평소보다 창백한 낯빛", 가쁜 숨, 열, 피로, 멍이나 출혈이 쉽게 발생하는 것을 이 병의 징후로 볼 수 있다고 정의한다. 하지만 이런 증세는 암이 아닌 다른 많은 병에서도 나타날 뿐더러 어머니의 거동은 전혀 아픈 사람 같지 않았다. 어느 편이냐 하면, 안 그래도 바쁘던 일정이 더 빡빡해졌고, 늘 그래 왔듯이 놀라울 정도로 힘에 넘쳤다. 어머니는 여행하고 강연하고 글 쓰고 그러는 동안에도 틈틈이 짬을 내어 연극과 춤, 영화에 대한 열정을 멈추지 않았다. 어머니 나이의 절반밖에 되지 않는 사람들도 좀처럼 어머니를 따라가지 못했고, 어머니는 그런 사실을 확인할 때마다 무척이나 즐거워했다(어머니는 나이가 들어 갈수록 어머니보다 훨씬 어린 사람들과 어울리는 것을 선호했다).

돌이켜보면 어머니에게는 마지막이 되었던 반짝 회복기를 하나의 아이러니로 보아야 할까? 어째서 "운명이 소리 없이 권투장갑을 슬그머니 끼우는 것을 알아차리지 못했을까" 하는 P. G. 우드하우스(P. G. Wodehouse, 1881~1975. 코미디 작가 · 희곡 작가 · 작사가로 활동했으며, 능수능란한 언어 유희로 큰 인기를 누렸다. 옮긴이)의 문장이 말하는, 그런 아이러니. 아닌 게 아니라, 사실이 그랬다. 혹은, 마치 어떤 식으로든 어머니의 시간이 끝나 간다는 전조가 있기라도 했던 것처럼 어머니의 강렬했던 말년에 어떤 특별한 의미를 부여해야 할까? 아니면 이 전부가 정작 아무런 의미도 없는 것에 의미를 부여하고자 하는, 허망하며 비이성적이고 인간적인 희망사항일 뿐이라고 해야 할까?

끝이 어떻게 되었는지 다 아는 내가 일말의 감상적인 추측이나 결말을 배제하고 할 수 있는 이야기는, 어머니는 죽음을 두려워했으나 마치 앞으로 살 날이 아주 많이 남은 사람처럼 굴었다는 사실이다. 어머니는 어머니답게 아직 쓰지 못한 글을 쓸 시간이 "필요하다"고 말하곤 했다. 어머니는 생일이라든가 죽음을 생각할 때면 백 살까지 살고 싶다고 말했을 뿐더러 그 말을 갈수록 더 자주 했다. 예전부터 어머니는 살면서 하고 싶지 않았던 일을 너무 많이 했다는 말을 가끔씩 했다. 하지만 이제 드디어 자신에게 정말로 소중한 일을 하겠다고, 특히 소설을 더 많이 쓰겠다고 했다. 다만, 어머니에게 필요한 것은 시간이었다. 운명과 권투장갑. 아무래도 이 은유에 아이러니 같은 것은 없을지도 모르겠다.

확실하지는 않지만, 어머니는 늘 미래를 살았던 것 같다. 심각하게 불행했던 유년기에 어머니는 자기와 너무나 다르다고 느꼈던 가족으로부터 해방된, 어른의 삶을 꿈꾸었다. 불같았으나 결국에는 엉망이 되어 지속이 불가능했던 결혼 시절에는 뉴욕의 독립적인 삶을 꿈꾸며 지냈던 것으로 기억한다. 그동안 살아왔던 학구적 삶이 아닌 작가로서의 삶을 꿈꾸면서. 에세이 작가 시절에는 소설가로서의 미래를 꿈꾸었다. 이렇듯 어머니의 인생 궤적에서는 미래 시제가 번번이 현재를 밀어내곤 했다. 그럼에도 분명코 죽음과 멀게나마 화해할 수 있는 방법은 현재를 사는 것뿐이었다. 이제 3막까지 왔고 앞으로 2막이 더 있을 것이라고 기대했는데 막상 다음 순서가 마지막 퇴장이라고 생각하면 억장이 무너질 것이다. 그 현실을 감당할 방도가 없는 것이다. 아무튼 어머니는 그랬다. 어머니는 생의 마지막 달까지 죽음에 대해서는 생각하려 하지 않았다. 아니 마지막 그 순간까지도……. 대신 어머니는 투병 기간 거의 내내 식당과 도서, 인용문과 각종 사실 기록 수집, 작업 계획과 여행 일정 쓰는 일에 관심을 쏟았는데, 그 모든 것이 내게는 남은 한 조각 미래를 위해 싸우는 것으로 보였다. 어머니 나름의 방식으로.

그것은 어머니의 권리였다. 그것만큼은 확신한다. 그러나 내가 어머니의 방식에 동의하고 그럼으로써 이번 세 번째 발병에는 암으로 죽을 수 있다는 사실을 생각하지 않으려는 어머니의 생각을 부추겼던 것이 과연 옳은 일이었는가는 확신하지 못한다. 거리를 두고 보면, 이것은 이른바 '사랑하는 이의 딜레마' 의 변형일 수도 있다. 오매불망, 물음표가 꼬리에 꼬리를 문다. 적어도 나에게는 어머니가 돌아가신 지 두 해가 지나도록 이어졌다. 내가 잘한 걸까? 다른 것도 할 수 있었을까? 아니면 대안을 제시했어야 할까? 아니면 더 강력하게 응원했어야 할까? 아니면 죽음의 문제를 억지로라도 전면에 내세웠어야 할까? 아니면 더 잘 덮었어야 할까?

답을 할 수 없는, 살아남은 자의 물음이다.

2

어머니는 일흔한 살 생애 거의 내내 스스로를 불리한 확률을 뒤집는 사람이라고 믿으며 살았다. 상황이 아무리 가팔라 보일지언정. 어머니는 한평생 어떤 상황에서든 단호했으며, 노년이 되어서도 유년기 때와 다름없이 확고했다. 어머니는 유년기에 자기가 "버림받고 사랑받지 못하는 사람"이라고 생각했다는 이야기를 종종했는데, 무엇보다 이 시기가 어머니에게는 저항 정신과 야심(어머니에게 이 둘은 따로 떨어질 수 없는 것이었다)의 시금석이 되었다. 어머니 일기에 이런 문장이 나온다. "어렸을 때 결심한 바 있으니, 하늘에 대고 맹세하는데, 절대로 저들 마음대로는 안 될 것이다." 이것이 무슨 뜻인가 하면, "나가떨어지지 않겠노라는 단호한 결의"라고 부연했다.

어머니가 어려서 천식으로 고생하긴 했지만 이 말이 병에 나가떨어지는 것을 암시한 것은 분명 아니었으며, 어머니를 그토록 괴롭힌 것은 천성이 냉정하고 사람을 찍어 누르던(이것도 어머니의 표현이다) 외할머니나 상처를 주려는 의도는 전혀 아니었으나 그럼에도 툭하면(적어도 어머니 느낌은 그랬다) 좋은 남편감을 구하고 싶으면 책을 그렇게 많이 읽으면 안 된다고 말하던 쾌활한 전쟁 영웅 계부였다(생부는 어머니가 네 살 때 중국에서 돌아가셨다). 어머니는 넘어졌다가도 벌떡 일어나고 온갖 불리한 확률에 맞서 싸워 나가면서 자기가 운 좋은 사람이라는 역설적인 확신을 갖게 만들어 준 것이, 이 살아남고자 하는 의지였음을 한순간도 의심하지 않았다. 어른이 되면서 어머니를 위험을 무릅쓰는 사람으로 만든 것도 이 의지였다고, 어머니는 이따금 이야기했다.

어머니가 남부 애리조나의 천식을 앓는 외로운 열 살 소녀 시절에 처음 꿈꾸었던 그런 사람이 되기 위하여 기울였던 이 모든 노력은 1975년 림프절의 열일곱 마디까지 퍼진 유방암 말기 판정을 받았을 때 힘을 발휘했다. 암을 앓은 지 십 년 뒤에 쓴 에세이 "에이즈와 그 은유"(『은유로서의 질병』에 실려 있다. 옮긴이)에서 어머니는 "의사들의 비관을 당황하게 만들었다"는 사실을 다소 자랑스럽게 회고한다. 어머니가 의사들의 비관에 관해 말한 것은 아주 조심스러운 축에 든다. 당시 뉴욕시 슬로언-케터링 암 센터에서 어머니의 주치의 윌리엄 케인은 내게 어머니가 살 수 있을 것이라고 기대하지 않는다고 그랬고, 나는 그 이야기를 어머니에게 절대 해 주지 않았으므로 어머니는 결코 그 사실을 알 수 없었다. 의사가 그 말을 한 것은 어머니를 입원시키고 나서 처음인가 두 번째인가, 나와 단둘이 있을 때였다.

그 시절은 의사들이 암 환자들에게 거짓말하는 것이 관행이었다. 설사 사실을 밝힌다 해도 나쁜 소식은 보통 환자에게 터놓고 말하는 것이 아니라 가족에게 전달하는 쪽이었다. 물론 그때도 조금씩 그런 태도는 바뀌고 있었으며 일부 미국 의사들 사이에서는 당시로서는 획기적 발상이었지만 오늘날 미국 의학계에서는 관례가 된, '환자의 자율성'과 '사전 동의' 같은 개념에 대한 고민이 싹트고 있었다(이것이 바람직한 결과를 낳을 것인가 여부는 별개 문제일 것이다). 그러나 대다수 의사들에게는 어느 정도의 진실을 누구에게 알릴 것인지에 대해 일련의 공통된 인식이 있었다. 1961년 『미국 의학 협회지』에 발표된 논문의 설문 조사를 보면 미국의 암 연구자 가운데 90퍼센트가 암이 있다는 사실을 환자들에게 말하지 않을 것이라고 밝힐 정도였다.

윌리엄 케인도 이 부류에 가까웠다. 케인은 사형선고를 내렸으나 내가 가족의 일원으로서 해야 할 바를 말해 주지 않았다. 나도 처음에는 망연자실하고 겁이 나서 자세히 말해 달라고 하지 못했다. 그 시절에는 그런 반응이 일반적이었을 것이다. 어머니에게 무엇을 말하고 무엇을 말하지 말아야 할까 고민하면서 슬로언-케터링 병원의 유방암 병동 복도를 느릿느릿 걷던 일이 기억난다. 이야기를 하자니 내가 가학적으로 느껴졌고 하지 않자니 어머니를 배신하는 일 같았다. 결국 나는, 아무것도 하지 않았다.

비록 내가 침묵하는 쪽을 선택했고 ('선택'이 옳은 어휘라고 했을 때) 윌리엄 케인이나 다른 주치의들도 어머니에게 터놓고 말하고 싶어하지 않았지만, 그럼에도 어머니는 자신이 죽을 확률이 높다는 사실을 분명히 알고 있었다. 누군가 말을 했건 하지 않았건 어머니가 암 4기이며 이것이 이 병의 진행(혹은 의사들이 쓰는 아리송한 표현으로, '발전') 과정에서 최후이자 최악의 단계라는 사실을 덮어 둘 수는 없었다. 어머니는 상황이 얼마나 급박한지 알고 있었다. 다만 그 이야기를 하지 않는 쪽을 택한 것이다.

대신에 어머니는 글을 썼다. "꿈의 끝자락에 단도가 도사리고 있어 잠을 많이 자지 [못한다.] (…) 나는 병에 걸렸다. 어쩌면 뒤집지 못할 것 같다." 어머니가 '할스테드halstead'라고 하는 근치적 유방 절제술을 받은 뒤 슬로언-케터링 병원 침대에서 쓴 일기글이다. 할스테드 수술은 환자의 유두와 유두륜과 유방만이 아니라 흉벽의 근육 대부분과 겨드랑이에 있는 림프절까지 제거하는데, 어머니의 경우에는 겨드랑이 림프절에 이미 암이 퍼져 있었기 때문이다. 이것은 절개 말고는 다른 수단이 없었던 19세기 말에 개발된 무자비한 수술법이다. 1975년 당시에는 이 수술법이 어머니 같은 말기 유방암 환자에게 일반적으로 장려되었다(오늘날에는 좀처럼 시술하지 않는다). 유방 절제술을 받고 나면 화학 치료를 받는다. 어머니의 경우에는, 면역 체계를 강화하기 위한 화학 치료도 받았다. 화학 치료는 당시에는 의학적으로 미숙한 단계였으며, 오늘날에도 그 효과는 암 연구자들의 논쟁거리로 남아 있다. 사실 다른 암 센터인 클리블랜드 클리닉의 의사들은 훨씬 덜 과격한 방법을 권장했다. 그러나 어머니는 많이 손댈수록 (미미한) 확률도 높아질 것이라고 믿었고, 그래서 할스테드를 받기로 결정하고 뉴욕으로 돌아갔다.

어머니가 그 몇 달 동안 정말로 무엇을 바라고 기대했는지, 정말로 살 수 있을 것이라고 믿었는지, 나는 알지 못한다. 질병에 관한 두 편의 에세이는 반자전적이라 할 만했고(의도적으로 그랬다) 두 편 다 치료가 끝나고 한참 지나 다 좋아진 것으로 보였을 때 쓴 것이다. 수술이 끝나고 화학 치료를 받는 동안 어머니는 도무지 무슨 생각을 하는지 종잡을 수 없이 고통과 공포 속에 갇혀 있는 것만 같았다. 직접 물었다가는 어머니를 가까스로 버텨 주는 얼마 안 되는 힘마저 다 소진할 것 같아서 묻지도 못했다. 그러나 어머니는 수술이 끝나고 얼마 안 되어 다시 일기를 쓰기 시작했는데, 이전과는 딴판이었다. 거기에는 "암=죽음"이라는 공식이 반복적으로 적혀 있었다. 어느 날 일기에는 어머니 생각은 없이 층 담당 간호사가 "내 무른 입술을 글리세린으로 훔치고는" 정곡을 찔러 "사람은 누구나 언젠가는 죽어요"라고 말하더라고 적었다.

그러나 가능성으로건 운명으로건, 어머니가 뭔가를 알았건 혹은 짐작했건, 어머니의 행동은 그날 일기 내용과는 달랐다. 어머니는 의사들의 비관을 당황하게 만들었지만 동시에 어머니 스스로를 당황하게 만들기도 했다. 한편으로 어머니는 그때 어머니가 "공포가 새어 나오는" 상태였다고 짧은 평을 달았다. "생명을 구해? 아니. 연장하는 거겠지." 그러면서도 낮은 생존 확률에 도전하고 생명을 연장하는 일이라면 어떤 것이라도 체계적으로 밟아 나갔다. 마흔두 살에 죽을 수는 없었다. 그뿐이다. 어머니는 자신의 의지를 믿었다. 과장되게 들릴지는 몰라도, 어머니는 어머니만의 별을 믿었다. 그런 믿음은 비웃기 쉽다. 그러나 어머니가 이루어 낸 모든 것(실로 어머니는 많이 이루어 낸 사람이니), 그 밑바탕이 되었던 것이 이 믿음이었다. 여기서 중요한 점은 무엇보다 어머니가 틀리지 않았다는 것이다. 어머니의 친구 제롬 그루프만Jerome Groopman 박사는 보스턴의 베트 이스라엘 디커니스 의료원의 실험 의학 과장이자 혈액암 전문의인데, 2004년에 어머니가 돌아가시고 몇 달 뒤에 어머니가 내렸던 결정에 대해 내게 말했다. "통계는 무시무시했지만, 수전이 절대적으로 옳다는 느낌이 들더군. 통계 수치란 것도 어느 정도까지만 통하는 거거든. 어떤 곡선 도표에도 꼭짓점에 해당하는 사람이 있게 마련인데, 그 사람들은 살아. 기적적으로. 자네 어머니가 유방암 때 그랬던 것처럼. 맞아, 어머니의 예후는 지독했지. 하지만 수전은 그러더군. '아니, 난 너무 젊고 끈질겨. 치료를 받겠어.' 물론 통계 수치로 보면 어머니는 죽었어야 맞지. 하지만 아니었거든. 수전이 그 곡선의 꼭짓점이었던 거지."

그루프만은 과학자다. 통계 곡선으로 사고하는 것이 몸에 밴 사람이다. 그는 그러면서도 그 곡선에서 환자 대다수가 속한 지점을 놓치는 법이 없었다. 어머니도 이 점에 관해서 틀림없이 뭔가 알았을 테니, 의사들이 유방암 4기는 희망이 없다고 말했더라면 어머니가 어떤 결정을 내렸을지는 모르겠다. 그러나 어머니의 병에 일말의 완치 희망이 있었고 다른 이유들이 있었기에, 윌리엄 케인과 나 두 사람 다 어머니에게 상황이 얼마나 나쁜지 말하고 싶지 않았다. 어머니는 기운을 차리고 어디에나 운 좋은 사람은 있게 마련이라고 스스로에게 말할 수 있었는데, 운을 믿어 온 평생의 경험이 그 통계 수치적 가능성을 뒷받침해 주었다. 그렇다고 주술적 사고에만 매달리지는 않았다. 어머니는 그 확률을 뒤집기 위해 어머니가 아는 대로, 할 수 있는 것을 해 나갔다.

어머니는 과학을 사랑했고 (이성을 믿는 만큼) 열렬히 흔들림 없이, 종교에 가까울 정도로, 확신했다. 어떤 의미에서 어머니에게는 이성이 종교였다. 어머니는 항상 어머니가 우러르는 것에 헌신적이었고, 확신컨대 과학과(어렸을 때 어머니가 최고로 삼은 모범이 퀴리 부인의 삶이었다) 무엇보다 의사들에 대한 존경(이런 생각도 십중팔구는 유년기에서 유래했을 것이다) 덕분에 현재 주어진 것보다 나은 무언가가 어디엔가 있을 것이라는 신념을 지탱할 수 있었을 것이다. 어머니에게는 그것이 새 생명이 되었건 새로운 치료법이 되었건 상관없었다. 어머니는 슬로언-케터링에서 나오자마자 그것을 찾기 시작했다. 비이성적이라고? 그럴지도. 그러나 어머니에게는 그것을 찾는 노력 자체가 할스테드 수술에 이어진 길고 고통스러운 요양기를 버틸 힘이 되었다. 새 치료법 이야기가 나왔을 때에야 비로소 어머니의 안색이 밝아졌고, 수술받은 뒤에 좀처럼 생기 없이 단조로웠던 언어가 적어도 잠시는 활력을 되찾았던 것으로 기억한다.

그때 어머니의 곁에는 니콜 스테판이라는 프랑스 여자가

있었다. 니콜은 어떤 경우에도 '안 된다'는 생각을 허용하지 않는 사람이었다. 어머니가 당시 면역 요법을 화학요법의 보조 치료법으로 삼기 위한 연구를 하던 파리의 암 전문의 뤼시엥 이스라엘Lucien Israel에게 연락할 수 있었던 것도 순전히 니콜 덕분이었다. 이스라엘 박사는 이탈리아인 동료 지아니 보나도나Gianni Bonadonna 박사와 함께 화학요법 자체에 사용되는 복합 신약 연구도 진행하고 있었다. 이스라엘 박사는 니콜이 가져온 슬라이드를 보고는 어머니에게 한 줄짜리 소견을 보내 왔다. "당신의 상황이 가망 없다고는 생각하지 않습니다." 그 한 문장이 어머니에게 전환점이 되었다. 그 문장은 어머니에게 지속할 힘을 주었으며, 나중에 어머니는 그 병에서 살아남을 수 있었던 것이 크게는 이스라엘 박사의 치료 덕이라고 말하곤 했다. 덴마크의 위대한 물리학자 넬스 보어Niels Bohr는 "자기 집 문에다 말굽을 때려 박는" 이웃 이야기를 즐겨 했다. "한 친구가 그 이웃에게 '넌 정말로 미신을 믿는 거니? 솔직히 이 말굽이 너희 집에 행운을 가져다줄 거라고 믿는 거야?' 하고 물었을 때 이웃은 이렇게 대답했다. '믿기는 뭘 믿어. 그렇지만 사람들은 믿지는 않으면서도 말로는 이런 것이 도움이 된다고들 하지 않아?'"

그러나 그때 어머니의 믿음은 옳았을까? 이스라엘 박사가 어머니에게 그런 희망을 품게 한 것은 옳은 일이었을까? 제롬 그루프만의 잣대로 보자면 이스라엘 박사가 어머니에게 한 말은 어떤 암 전문의가 했더라도 거짓말이 아니며 히포크라테스 선서를 어겼다고도 할 수 없으며, 적어도 전이 유방암 4기 환자 가운데 몇 사람은 실제로 살아남았다는 의미에서는 그렇다. 어쨌거나 파리의 그 의사가 어머니에게 상황이 희망적이라거나 살 것으로 보인다고 말한 건 아니었으니까. 그러나 말 자체는 틀리지 않았다고 하더라도 어머니의 상태에 처했던 환자의 압도적 다수가 그것도 상당히 짧은 시일 내에 죽었다는 1975년의 통계 수치를 보면, 그가 거짓 희망을 품게 했다는 주장도 성립된다. 오늘날 같으면 '눙치기' 라는 소리나 들었을 그 말이 어머니에게는 생명줄이요, 밀고 나아갈 수 있는 동기가 되었다. 그러나 다른 환자였다면 어땠을까? 어머니가 받겠다고 한 치료법을 어머니만큼 확신하지 않는 환자였다면? 아니면 그것은 암 전문의들이 일반적으로 쓰는 상투적 절차의 하나였을까? 이스라엘 박사의 행동에 잘못이 없었다고 할 수 있을까?

그래, 힘든 사건이 악법을 만든다는 속담도 있다. 그러나 의료는 법이 아니며, 쉬운 암이란 없다. 당시 나는 이스라엘 박사가 어머니에게 해 준 말과 치료에 깊이 감사했고 오늘까지도 머리 조아려 감사드린다. 그러나 나는 그가 옳은 일을 했는지 알 만큼 똑똑하지 못하다. 더 중요한 것은 대다수 의사들이 자기네가 옳은 일을 했는지 알 만큼 똑똑한지 잘 모르겠다는 점이다. 암을 치료하자면 과학자에 의사에 현자까지 되어야 하는군. 기대가 너무 큰 것일까.

어떻게 보면 어머니에게는 선택의 여지가 별로 없었다. 이스라엘 박사가 제안했고 뉴욕의 의사들도 어머니가 살 수 있는 유일한 기회라고 보는 듯했던 치료법은 아직 실험 단계였다(그 면역 성분은 어머니가 그 치료를 받은 뒤 몇 해 동안은 거부 반응이 없었지만, 그 뒤로는 더 이상 수용되지 않았다. 암 치료라는 희망에 부응하지 못한 또 하나의 '마법 탄환(암세포만 골라서 파괴하는 약제. 옮긴이)' 이었다). 그 치료법은 못 견디게 힘들었다. 슬로언-케터링의 의사들은 이스라엘의 화학요법과 면역 성분 처방을 뉴욕에서 시행해 주기로 했고, 어머니는 다시 한 번 예외가 되었다. 어머니는 이 시기를 이렇게 묘사했다. "일주일에 두 번씩 억지로 끌려가다시피 병원을 찾아 그린 박사나 블랙 박사[물론 가명이다]한테 내 불투명한 몸을 보이고 내 상태가 어떤지 듣는다. 한 사람은 자기 솜씨에 도취되어 내 몸의 큼직한 흉터를 누르고 꼬집고 찔러댄다. 그러면 다음 사람이 몸속에다 독을 들이붓는다. 그걸로 죽이는 건, 내가 아니라 병이겠지." 어머니의 상상은 가혹했다. "내가 꼭 베트남전쟁이 된 것 같다"고 어머니는 썼다. "내 몸뚱이는 식민지를 건설하는 침략군이다. 저들은 나에게 화학무기를 들이댄다. 나는 환호

해야겠지."

좀 더 적확하게 표현하자면, 환호하는 법을 **배웠다**고 해야 할 것이다. 어머니가 이 상황에서도 스스로를 특별하다고 느꼈을지는 모르겠지만 말투에 승리의 기운이라곤 없다. 그렇기는커녕 이 치료 시기의 일기에는 어머니가 자꾸만 위축된다는 이야기가 되풀이된다. "사람들은 병을 앓으면 깊어진다고들 말한다"고 어머니는 쓴다. "나는 깊어진다는 느낌이 들지 않는다. 맥이 빠질 뿐이다. 내 상태에도 둔감해졌다." 그러면서도 어머니는 어떻게 하면 이 느낌을 바꿀 수 있는지를 계속 묻는다. 어떻게, "이 상태를 해방으로 뒤바꿀" 방법이 있을까를.

돌이켜보면, 어머니는 훗날 『은유로서의 질병』에서 병든 자들의 왕국 시민권이라고 부르게 될, 특권이자 의무인 문화적 특성을 고통스럽게 취득하고 있었던 셈이다. 여러 달이 지나 약물의 독성을 이겨 내면서 어머니는 스스로 "불구가 된" 자아(깨놓고 말하자면 이 자아는 손상된 성적 능력을 일컫는데, 나는 어머니가 이 능력을 끝내 완전히 회복하지는 못했다고 본다)라고 여긴 상태에 심리적으로 놀라울 정도로 적응했다. 그러면서 어머니는 살 수 있을지도 모르겠다고 진심으로 믿기 시작했을 뿐만 아니라 어머니에게 일어난 일을 마음속에서 근본적으로 재구성하기 시작했다. 투병 초기에 어머니는 암은 대개 성적 억압의 산물이라는 심리학자 빌헬름 라이히Wilhelm Reich의 오랜 주장(노먼 메일러를 다그쳐 아내를 칼로 찌른 뒤 "나는 그렇게 해서 다량의 암을 제거했다"고 떠벌리게 만든 주장(노먼 메일러는 1960년 어느 파티에서 술에 취해 주머니칼로 아내를 찌른 뒤 체포되어 정신병원에 17일 동안 수용되었다가 후일 집행유예를 받았다. 메일러는 주위 사람들에게 성적 억압에서 암이 생긴다고 주장하고 다닌 것으로 알려져 있다. 옮긴이))을 이성적으로는 거부할지 몰라도 감정적으로는 수용한다고 썼다. "내 몸이 나를 저버린 것 같다. 또, 마음도. 나는, 어느 정도는, 라이히의 평결이 옳다고 믿는 다. 암이 생긴 것은 내 탓이다. 나는 겁쟁이로 살았다. 욕망과 분노를 억누르며."

그러나 치료가 끝날 무렵에는 이 자학적인 판결이 어머니를 그렇게 짓누르는 것 같지 않았다. (물론 나는, 우리 모두가 가장 약한 존재가 되는 시간인 새벽녘에 어머니가 무엇을 생각하고 느꼈는지는 알지 못한다.) 대신 어머니는 정말로 살 수 있다고 믿기 시작했을 뿐만 아니라 이 새 왕국(어머니가 부른 바, 병든 자들의 왕국)에 사는 것이 더 좋은 작가, 더 나은 사람이 되기 위한 계기가 될 수 있다고 믿었다. 바꿔 말하면, 죽음을 막으며 나아가서는 무언가를 성취해야 하는 것이다. 어머니의 '초기 설정'은 늘 이상주의, 좀 더 정확히 말하자면, 모범적인 인간이 되기를 갈망하는 모범생의 그것이었다. 동정 어린 미소는 사양한다, 독자여. 격이 떨어지는 야망도 있는 법이다. 돌이켜 보면 어머니가 화학 치료에서 회복하기 시작했을 때 비로소 어머니가 편안해지고 상황을 통제할 수 있다는 자신감을 갖기 시작했다는 것이 나에게는 새삼스럽지 않다.

"우리는 살기 위해 스스로에게 거짓말을 한다." 1970년대에는 유방암, 1990년대에는 자궁육종, 나아가 어머니를 죽인 골수이형성증후군까지, 어머니가 병과 싸우던 시기를 돌아볼 때면 조안 디디온Joan Didion의 이 유명해 마땅한 문장이 떠오른다. 해가 거듭되면서 어머니는 자신이 살아남은 것이 기적은 아니었다고 생각하게 되었다. 어머니의 사고방식에는 운명이나 유전학의 우연, 통계적 예외는 말할 것도 없고 기적 같은 것이 들어갈 자리가 없었던 까닭이다. 어머니는 이를 의학 발전의 결과이자 아울러 병의 뿌리를 도려내기 위해 많은 신체 부위를 절단하는 과격한 치료법을 받아들인 결과라고 믿었다. 그런데 어머니에게 조언이나 추천을 해 달라고 찾아온 많은 암 환자가 놀랍게도 이 치료법을 거부했다. 어머니는 이 병을 이기기 위해서는 최선을 다해야 하고 따라서 클리블랜드 클리닉에서 제안하는 온건한 절제술 정도로는 부족하다고 보았다. 어머니에게 진정한 최선이란 언제나 급진적인 것이었다.

적어도 내가 알기에는 어머니는 이 여성이 죽느냐 사느냐를 결정하는 문제에 어머니가 개입할 자격이 있는지 생각해 보지 않았다. 그러나 달리 수가 있었겠는가? 어머니로서는 직접 경험한 것을 제시하지 않을 수 있었겠는가? 아무리 어머니처럼 이성을 사랑하는 (더 결정적으로는 주관에 호소하는 것을 혐오하는) 사람이라도, 극한 상황에 놓이면 그렇게 이성적으로 굴 수 없을 것이다. 이 상황에서 어머니의 판단이 주관적이지 않았더라도 허세는 작용했을 수 있다고 생각한다. 허세가 아니었다면, 어머니가 의학 지식이 있으면서도(유방암 치료를 받은 뒤로 『해리슨 내과학*Harrison's Principles of Internal Medecine*』이 어머니 서재의 필수 도서에 추가되었다) 역설적으로 의학에 대해서는 무관심한 편이었다는 사실을 어떻게 설명하겠는가(어떤 일이 되었건 어머니에게는 호기심이 늘 중대 기준이었다). 어머니는 암에 대한 이해와 치료법에 큰 진전이 이루어지고 있다고 확신했으며, 그런 전제 아래 동료 암 환자들에게 조언한 것이었다. 어머니는 그다지 관심 없는 주제라도 배움을 게을리하지 않았으면서도 암의 기초 생물학에서 이루어진 발견은 말할 것도 없고 암 연구의 발전에는 열정을 보이지 않았다. 탁월한 지적 능력과, 문외한 치고는 방대한 지식, 그리고 평생 지속된 과학에 대한 관심과 생물학 방면에서 두각을 나타냈던 소질이라면 이 연구도 능히 해낼 수 있었을 사람이 말이다.

그런 부지런함이 어떤 결과를 낳았을지는 알 수 없다. 그렇게 축적된 지식이 어머니에게 위안을 가져다주었을까? 아니면 절망을? 나는 후자가 아닐까 한다. 예를 들어 슬로언-케터링의 의사가 어머니가 암 진단을 받은 1975년 당시의 암 치료 관행을 따르지 않고 전이 유방암 4기의 생존율이 얼마나 형편없는지 사실대로 말했더라면 어머니가 치료를 감행하겠다는 의지를 가질 수 있었을까? 어머니가 돌아가신 뒤 어머니의 일기를 읽으면서 나는 (어머니 스스로 그토록 자부했던 까닭에 그럴 것이라고 예상했던 일이지만) 어머니의 의지가 발휘했던 힘에 압도되었다가도 어머니가 느꼈던 절망의 깊이에 숙연해지곤 한다. "내 머리가 부지런히 세계를 공격하는 동안 내 몸뚱이는 무너지고 있었다"고 어머니는 일기에 썼다. "이제는 내 상상력이 무섭다."

어머니에게는 이런 구체적인 통계 수치를 아는 것은 암을 이해하고 치료하기 위한 노력을 통해 이루어지는 과학과 임상의 실질적 진보(혹은 그 결여)를 현실로 받아들이는 것이며, 이것이 어머니의 상상력 속에 숨어 있던 모든 악마를 자유로이 풀어 줄 수도 있었다. 따라서 어떤 면에서는 어머니의 행복을 위해서, 나아가서는 어머니의 정신 건강을 위해서, 어머니가 암이 어떤 단계에 와 있는지 더 파고들지 않은 것이 다행이었다. 통지 내용은 너무나 끔찍했다. 아니, 지금까지도 끔찍하게 느껴진다. 어머니도 나도, 나중에 가서야 알았지만.

어머니에게 진실은 다모클레스의 검이 머리 위에 드리운 정도가 아니라 목에 날을 바짝 들이댄 형국이었다. 감당하기 힘든 진실이란 것도 있는 법이다.

어쨌거나 어머니와 나는 사이좋게 마주 앉아 어떤 문제건 터놓고 말하는 살뜰한 관계는 아니었다. 1975년, 어머니가 슬로언-케터링에서 퇴원하여 집으로 돌아왔을 때(그때 나는 대학생이었는데, 어머니를 보살피기 위해 집에 왔다) 어머니는 대놓고 말하지는 않았지만 어머니의 병에 관해서라면 '접근 금지' 영역이 없음을 분명히 했다. 어머니는 사람들한테서 이겨 낼 수 있다는 응원이며 그 힘든 치료를 받은 덕분에 살아난 것이라는 이야기를 듣고 싶다고 말한 적이 없다. 그렇기는커녕 진실만을 말해 달라고 했다. 그러나 어머니가 실제로 바라는 것이 무엇인지는 어머니를 정말로 염려하는 사람이라면 누구라도 알았다. 바로 그 바람을 나는 묵인했으며, 깊고 깊은 죄의식 속에서도 나를 어머니의 공범으로 만든 것도 바로 그 바람이었다. 그러나 그때 상황에서 내가 내렸던 판단이나 내가 살기 위해 나 스스로에게 했던 거짓말, 나아가서는 어머니와 나의 데면데면한 관계까지 다 접는다 쳐도, 아무리 희망의 파란불이 깜박거렸던들, 내가 그때 했던 것 이상을 어머니에게 말할 수 있었을지는 잘 모르겠다.

어머니에게는 경고의 메시지는 말할 것도 없고 더 알고 싶은지조차 물어서는 안 될 것 같았다. 그랬다가는 오히려 더 해가 될 것 같았다. 아무튼 이것도 "우리는 살기 위해 스스로에게 거짓말을 한다"는, 디디온의 신조에 근거한 나의 결론이었다. 만약 그렇게 물었다가 어머니가 무의식중에 내가 과연 암을 이기고 살아 낼 수 있을까 의심하게 되었다면? 만약 라이히의 주장이 옳았고, 그것이 살 수 있다는 믿음에 영향을 준다면? 어머니는 그 어떤 것도 믿지 않았고, 나 또한 믿지 않았다. (지금도 믿지 않는다.) 그러나 나는 그런 모험을 할 수 없었다. 그로부터 29년이 흘러 어머니가 골수이형성증후군에 걸렸다는 것이 무엇을 의미하는지 이해하려고 애쓰는 시점에도 나는 여전히 그런 모험을 할 수 없었다.

3

A 박사를 만나고 온 뒤 어머니에게는 절망 이외에 다른 것이 들어갈 자리가 없었다. 그도 그럴 것이 A 박사가 희망의 여지라고는 남겨 주지 않았다. 골수이형성증후군 진단을 받고도 그렇게 반응하지 않았다면 오히려 제정신이 아니었다고 해야겠지만, 어떤 상황에서도 희망을 버리지 않는 어머니의 습관은 절망을 이겨 냈다. 어머니는 (며칠 뒤 어머니가 한 말을 옮기자면, 그 "사형선고로부터") 집으로 돌아오자마자 (눈썹이 휘날리도록 달려 화장실로 들어가기도 전에) 전투적으로, 행동에 들어가기 위해 필요한 준비 작업에 착수했다. 친구들에게 어머니가 다시 아프다는 소식을 전해야 했다. 무엇보다 정보를 수집해야 했다. 정보란 상황을 제어할 수 있는 능력이 아니던

가? 적어도 어머니에게는 그랬다. 그리고 상황을 제어한다는 것은 희망의 필수 조건이었다. 게다가 어머니에게는 달리 갈 곳이 없었다. 그러나 어머니는 내면의 공포라는 숨 막히는 안개 속을 헤치고 나아갔다. 혼란과 절망 속에서 어머니는 강렬한 조증으로 인한 불면과 헤어날 수 없는 기면 사이를 오갔다. 어머니의 아파트를 찾을 때면 그 안에 비명을 지르고 싶어도 지르지 못하는 유령들이 도사리고 있다는 느낌을 받기도 했다.

A 박사의 진료실에서 돌아온 지 몇 분이나 되었다고 어머니는 친구 파올로 딜로나르도와 통화중이었고, 그러다 몇 분 뒤에 보면 인터넷에서 골수이형성증후군과 급성골수성백혈병에 관한 정보를 미친 듯이 검색하고 있었다. 어머니의 아파트는 (예전에도 늘 집이라기보다는 사무실이나 도서관 분위기였지만) 일순에 연구동으로 변신했고, 어머니의 조수 앤 점프가 과중한 업무를 도맡아 처리해야 했다. 어머니가 예전에 암 투병 때 어떻게 행동했는지 기억하는 어머니의 친구들도 인터넷을 뒤지기 시작했고, 얼마 지나지 않아서 앤의 이메일로 온갖 유익하고 희망적인 자료와 링크가 속속 도착했다. 말은 '희망적' 이라고 했지만, 정확한 표현은 아니다. 골수이형성증후군과 관련해서 좋은 소식이 워낙 없다 보니 '희망적' 이라는 말도 상대적일 뿐이었다. 까놓고 말하자면, 정보가 얼만큼 희망

의 단서로 해석될 수 있느냐는 통계 곡선 상에서 어느 지점을 가리키느냐 정도였다. 우리가 골수이형성증후군에 관해서 알아낸 것이라곤 이 병이 얼마나 치명적인지, 수명을 약간 연장하는 것 말고 얼마나 희망이 희박한지, 어머니가 현실적으로 허용할 수 있는 것이 편안한 죽음보다는 (이 문제에는 어머니답게 전혀 관심을 보이지 않았지만) 고통스러운 죽음이 되리라는 사실뿐이었기 때문이다.

나쁜 소식은 무자비했다. 용어부터가 섬뜩했다. 애써 별일 아니라는 듯 사무적인 어조로 쓰인 소책자로, 백혈병 및 림프종 학회가 생명공학 기업 CTI, 셀진의 후원을 받아 주로 환자와 그 친지들을 대상으로 펴낸 『골수이형성증후군』을 보자. 이 책자는 골수이형성증후군에 대해 너무나 사무적으로, "타들어 가는" 백혈병, 혹은 "철적모구 불응성 빈혈"이라고도 부른다고 설명한다. "MDS와 AML 구별은 작작 하시지." 어머니의 목멘 소리가 지금까지도 귀에 선명하다. "타들어 가는 백혈병이라고!" 어머니는 하마터면 현재까지 알아낸 것을 말해 주고 싶어서 부른 친구, 상황을 긍정적으로 돌려 보겠다고 노력하는 그 친구한테 버럭 소리 지를 뻔했다. "모르겠어? 그건 백혈병이란 뜻이야! 그렇게 해 놓으면 백혈병이 다른 게 되느냐고!"

인터넷에서 찾은 자료들을 놓고 가능한 치료법을 대략 훑

어보려 해도 무엇보다 먼저 눈에 들어오는 것은 그 치료의 유독성(그 병 자체의 유독성은 말할 것도 없고, 우리가 상상할 수 있는 독성이란 독성은 다 나오는 것 같았다)이었지만, 물론 이 점은 어머니에게 말하지 않았다. '태연을 유지한다' 는 표현이 있지만, 이 경우에는 가부키 가면을 썼다고 하는 편이 더 맞을 것이다. 내가 어떻게 했느냐면, 사실을 의도적으로 오해함으로써 어머니에게 낙관적인 방향으로, 그게 못 되면 적어도 덜 절망적인 방향으로 설명하자는 것이었다. 초기에는 때로 이렇게 낙관적인 왜곡만이 어머니를 진정시킬 수 있었다.

진실은 도처에 있었다. 우리가 골수이형성증후군에 관해 알아낸 사실들을 아무리 들여다보아도 이제는 고인이 된 어머니의 친구 조셉 브로드스키가 심부전증으로 입원해 있을 때 병문안 온 사람들에게 즐겨 말하던, 의사와 환자의 '나쁜 소식, 더 나쁜 소식' 우스갯소리하고 닮은 구석이라고는 없는 것 같았다. 조셉이 가장 좋아한 우스갯소리는 이렇다. 한 환자가 의사를 보러 왔는데 의사가 말하기를, "나쁜 소식입니다. 환자분께선 수술이 불가능한 암에 걸렸고, 살 날이 여섯 주밖에 남지 않았습니다." 충격 받은 환자가 간신히 내뱉기를, "세상에 이보다 더 나쁜 소식이 있을 수 있겠습니까?" 그러자 의사가 대답해 말하기를, "지난 두 주 동안 환자분께 연락이 되지 않더군요!"

나쁜 소식은 너무 많았다. 그러나 충격은 늘 같았다. 자료에 따라 설명 방식은 달랐다. A 박사의 '강의' 를 책자로 인쇄해 놓은 듯한 자료가 있는가 하면 충격을 완화한다는 말을 장황하게 늘어놓은 자료도 있었다. 백혈병 및 림프종 학회의 소책자가 이 부류였다. 거기서 최악의 소식은 "질병 추이"라고 하는 부분에 있었는데, 「질병 관리와 건강 문제(합병증)」 장과 「심리적 측면」 장 사이에 서술된 기다란 한 단락이다. 이번만큼은 당의정도, 에두름도 없었다. (익명의) 저자들은 병의 상태를 같은 의사에게 자주 검사받아야 할 필요성과 증세를 완화시킬 치료법의 범위를 설명한 뒤, 딱 잘라 말한다. "현재로서는 대다수 환자들에게 효험이 있는 치료법이 없다." 실질적으로 치료가 가능한 단 하나의 방법은 골수이식으로, 적합한 후보자들은 "이식 수술이 성공적으로 끝나면 정상적인 혈구 생성 기능을 회복할 수도 있다" 고 쓰여 있었다.

어머니는 "할 수도 있다" 에 밑줄을 두 줄 그었다. 어머니는 이 부분을 '될 성싶지 않다' 고 읽었던 것이 분명하다. 그 첫째 주에 실제로 그렇게 소리쳐 말하기도 했다.

그러나 우리는 살아온 대로 죽는다. 어머니는 아무튼 그랬다. 어머니는 어린 시절부터 책을 읽을 때 밑줄 긋는 습관이 있었다. 어쩌다 어머니 서재에서 책을 꺼내 보면 밑줄이 새까매 읽는 것 자체가 불가능할 때도 있는데, 그러면 책을 읽는 것이 아니라 어머니가 '덧쓴 것'을 읽는 것이 되어 버리는 것이다. 아무리 그렇다 해도 백혈병 및 림프종 학회의 책자쯤 되면 뭐든 덧쓴다는 것이 가능할 것 같지도 않을 뿐더러, 거기 적힌 내용이 그 병을 앓는 어머니에게는 감당하기 벅찰 내용이었을 것이다. 그러나 웬걸, 이 책자의 겉장을 넘기자마자 놀랍게도 어머니의 열렬한 책사랑, 좀 더 정확하게 말하자면, 어머니에게 한평생 인증서처럼 붙어 다니던 용기와 학구열이 혼재된 기질이 튀어나왔다. 이 소책자에 발간 일자가 찍히지 않았다는 것을 발견한 것이다(알고 보니 판본이 여럿이었다). 어머니가 그런 자잘한 사항까지 신경 쓸 거라고는 생각하지 못했는데, 나중에 보니 거기에 어머니의 통통하고 수수한 손글씨가 묻고 있었다. "2002년?" 새 어휘를 배우는 기쁨도 당장 사그라들지는 않은 것 같았다. 철적모구sideroblasts와 철적모구성 빈혈sideroblastic anemia을 설명하는 대목에는 "철적모구(sideros, '철'을 뜻하는 그리스어)"라는 말에 동그라미를 쳐 놓았는데, 이 동그라미는 어머니가 모르는 어휘가 나올 때마다 표시하는 방법이었다.

말할 것도 없이 어머니가 표시한 밑줄은 거의가 골수이형성증후군과 급성골수성백혈병 관련 부분이었다. 어머니에게는 이 책자의 급성골수성백혈병 정의가 특히 충격이었다. 이 병은 "골수에서 빨리 진행되는 악성질환"으로, 종국에는 골수이형성증후군으로 "전환된다." 절망감이 너무나 사무쳐 대화도 약도 어머니를 진정시키지 못하던 어느 날 나는, A 박사도 아직 골수이형성증후군으로 '전환' 된 것은 아니라고 그랬다는 사실을 짚어 드렸다(나는 늘 붙잡을 지푸라기를 찾고 있었다. A 박사를 만난 날부터 어머니가 돌아가시던 그날까지, 이것이 내가 어머니를 대하던 기본 태도였다). "그랬나?" 어머니가 들릴 듯 말 듯 물었다. "기억 안 나는데."

이런 기억력 감퇴는 머잖아 일상이 되었다. 의사하고 이야기하는 동안에는 생각이 날이 선 듯 또렷한 것 같다가도 병원을 나서면 (보통은 몇 분 만에) 의사한테 무슨 말을 들었는지 하나도 기억나지 않는다고 우기면서 같이 온 사람에게 다시 말해 달라고 청하곤 했다. 그러나 몇 번 되풀이해서 들은 것도 기억이 그다지 오래가지는 못했던 것 같다. 집에 도착할 즈음이면 방금 병원에서 무슨 일이 있었는지조차 잘 기억하지 못했다. 검사가 아주 고통스러운 날이 예외라면 예외였는데, 그중에서도 최악은 골수 생검이었다.

아파트로 돌아온 뒤에는 상황이 더 나빠졌다. 진단이 나온 뒤 처음 몇 주 동안은 지금 있는 데가 어딘지, 단단한 물건과 말랑한 물건도 구분하지 못하는 사람처럼 집안을 서성이곤 했다. 물론 그렇게 갈팡질팡하는 것이 잘못된 것은 아니었다. 『은유로서의 질병』에서 건강한 자의 왕국에서 병든 자의 왕국으로 건너가는 여행을 이야기하고, 그리고 어머니의 표현을 가져다 쓰자면, 그 두 번째 왕국의 시민권 획득을 이야기하던 어머니에게는 어느 정도 자부심도 없지 않았다. 그러나 지금 어머니의 행동을 보면 병든 자들의 왕국이 아니라 죽어가는 자의 왕국으로 들어가는 사람 같았다. 어머니는 알았다. 진단을 받은 바로 그 순간 알았던 것이다. 어머니는 어느 정도 지나서야 속마음을 털어놓으면서 적어도 얼마간은 이 저주와도 같은 정보에서 빠져나올 수 있었다.

정보, 즉 지식은 힘인가? 아니면 잔인한 것인가? 골수이형성증후군 판정을 받기 전까지는 어머니도 전자라고 주장했을 것이다. 심지어 판정을 받고 나서도 정보 수집 습관은 지속되었으며, 그전까지는 출중했던 기억력이 약해질 때도 그랬다(나는 그것이 하나의 자기 보호 기제라고 생각하지만, 확실히는 모르겠다. 이 주제도 언급 금지 조항이었다). 어쩌면 그래서 내가 어머니가 돌아가신 뒤 백혈병 및 림프종 학회의 소책자에 그어진 밑줄을 처음 보았을 때 놀라지 않았던 것 같다. 놀라기는커녕 어머니가 길을 아주 잃지 않기 위해서 남겨 놓은 흔적을 따라가는 듯한 기분이었다. 헨젤과 그레텔이 길 나설 때 흘려 두었던 돌멩이와 빵 부스러기를 따라 집으로 돌아가는 길을 찾았던 것처럼.

A 박사도 잘못은 아닌 것이, 골수이형성증후군이 완전히

백혈병으로 발전하기 전에는 본격적인 치료를 받을 것이 없다고 한 그의 의견은 백혈병 나라에서는 아주 널리 받아들여지는 가르침이라는 것을 이 소책자에서 확인할 수 있었다. A 박사는 안 그랬지만 이 소책자는 확실히 조심스러워서 "어떤 심각한 병이라는 진단이 나오고 의사가 신중하게 지켜보자고 하면 낙담하는 환자들이 있다"는 점을 인정했다.

아무렴, 우리 어머니께서는 '낙담' 하셨다. 우리 모두 낙담했고말고.

독자께서는 이런 빈정거림을 용서해 주시기를. 적어도 이해는 해 주시기를. 내가 지금까지 계속 느끼는 분노, 끝내 완전히 사라질 것 같지는 않은(내 경험으로는, 사랑하는 사람이 죽어가는 것을 지켜본 사람들에게는 흔한 일이다) 이 분노 때문에 더없이 쉬운 언어로 쓰인, 없어서는 안 될 유익한 책자에 폐를 끼치면서까지 어떻게든 좀 깎아내리고 싶은 것이다. 뭔가 꿍꿍이가 있는 것이 아닌가 하는 나의 의혹은 물론 입증될 수 없으며, 백혈병 및 림프종 학회와 그 후원 기업들, 그리고 이 책자의 저자들을 비난할 권한이 나에게 있을 리 없다. 그런데도 어머니가 돌아가신 지 두 해쯤 지나 이 책자를 다시 읽노라니, 의도는 분명 좋았으나 그 본질은 나쁜 소식은 나쁜 소식이요 절망은 절망일 뿐이라고 쓰기를 꺼려한, 타협의 산물이라는 생각이 든다. '붙잡을 지푸라기라도 던져 주자' 는 의도만의 문제가 아니라, 「심리적 측면」 장에서는 "사회적 · 심리적" 문제에 대해 더 알고자 하는 사람에게는 백혈병 및 림프종 학회의 다른 책자 『생존에 대처하기*Coping with Survival*』를 추천하는데, 여기에서는 결정적으로 불필요할 정도로 뭉뚱그려 놓은 설명 탓에 낙천적이려고 애쓴 노력이 무색할 정도다. 차라리 "죽음에 대처하기"라고 하지? 어머니의 비명이 들리는 것만 같다. 너무나 화가 나는 것은, 구구절절 희망의 언어로 쓰인 이 책자가 우리 어머니에게 그랬던 것처럼 혹시나 하는 심정으로 가슴 졸이며 이제나저제나 정성스럽게 읽어 내려갈 다른 수많은 골수이형성증후군 환자들에게도 아무런 희망을 주지 못한다는 사실이다.

어머니가 줄기세포 이식 수술에 관한 문장의 "그럴지도 모른다"와, 책자 본문에 마치 번드르르한 비닐랩 포장의 사과 속에 박힌 벌레들처럼 너무나 빈번하게 삽입된 다른 "그럴지도 모른다"며 "그럴 수도 있다"에 밑줄을 그은 것은 이 책자의 골수이형성증후군 설명과 이 책자가 전달하고자 했던 가장 중요한 정보가 근본적으로 연결되지 않는다는 사실을 어머니가 간파했기 때문이었을 것이다. 한쪽에서는 "이 병과 더불어 살아가는 것"에 대해 나름대로 온갖 낙관을 늘어놓으면서 환자가(왜 사람이라고 부르지 않았는가 하는 문제는 접어 두자) 의사들의 설명도 듣고 이 책자에서 말하는 "사전 치료와 차도의 가능성"에 중점을 두면 일련의 심리적 안정을 얻게 "될지도 모른다"(여기서 또!)고 제안한다. 그런데 다른 쪽에서는 실험실 언어와 자립을 촉구하는 언어 사이에 엉거주춤 끼인 진짜 소식(그러니까, 나쁜 소식)을 말한다. 다른 문맥에서는 그렇게 감동적이던 희망의 언어가 여기 와서는 음산하게 변한다. 이렇게 현실을 호도하는 것은 이 책자가 돕고자 하는 사람들이 마치 자기네가 겪고 있는, 혹은 머잖아 겪게 될 끔찍한 일에 침착하게 대처해 나갈 수 없는 어린애인 양 취급함으로써 부지불식간에 그 사람들에게 등을 돌리는 것이다.

"세포 유전학의 평가가 암 진단에서 결론을 낼 때 도움이 될 수 있다"는, 정보의 생물학 입문 같은 어조와 "심각한 병과 더불어 살아가는 것은 어려운 시련이 될 수 있다"는 하나마나 한 소리(「치료 길잡이」 장)에서 그 예를 찾을 수 있는데, 여기에 꾸밈없는 진실의 알맹이가 들어 있다. "아주 소수의, 상태가 심각한 골수이성형증후군을 앓는 50세 미만 환자들에게는 집중적인 방사능 치료와 화학 치료의 병행, 혹은 방사능 치료나 화학 치료 중 한 가지 치료를 받은 뒤 동종 줄기세포 이식수술을 고려할 수 있다."

이것이 바로 최고의 언어로 전달된 최악의 소식이다. 다시 말하지만 나는 최선의 대안이 무엇이 될지 아는 척하려는 것이 아니다. 이 책자에는 정보를 주기 위한 것으로 백혈병 및 림프종 학회와 미국국립암연구소의 연락처, 추천도서 목록이 수록되어 있을 뿐만 아니라 환자나 환자 가족이 필기를 할 수 있도록 빈 페이지도 세 쪽이나 할애했다. 그러나 아무리 의학 책자라 할지라도 읽다가 울음을 터뜨릴 법한 가혹하고 충격적인 정보를 전달하는 방법이 천하의 낙천가 폴리아나(미국 작가 엘리너 포터의 1913년 소설 『폴리아나*Pollyanna*』의 주인공으로, 어떤 상황에서도 기쁜 면을 찾아내는 낙천적 인생관으로 삶을 헤쳐 나가는 고아 소녀. 옮긴이) 같은 말투 하나만은 아니다. 묘비명으로 더 어울릴 존 던John Donne의 시나 장례식 조의문 같은 글을 써 달라는 것도 아니다. 그러나 여기서는 언어와 현실의 간극이 너무나 커서 오히려 대다수 환자와 가족들에게 몹쓸 짓을 하고 있으며 모르긴 해도 의사와 간호사들에게도 그럴 것이다. 아니, (우리는 그렇기를 소망하지만) 진리가 힘은 아닐지 모르겠으나 그렇다고 현실을 아는 데 없어도 되는 것은 아니다. 어린아이가 어떤 일로 벌벌 떨고 있다면 '잘 말해' 주는 것이 적절한 행동이다. 그러나 성인 암 환자에게는 '잘 말해' 주는 것이 적절한 행동이 되지 못한다.

어머니는 그런 방식이 어떤 결과를 가져올 것인가 하는 문제를 회피하는 것으로 받아들였다. 이 병의 실체를 이해하기 위해서, 최소한 다음 단계에 무엇을 할 것인지 선택할 주체가 되기 위해서, 어머니는 아세포 수가 얼마나 되는지 (말하자면 아직 완전히 성숙한 백혈병 단계는 아니지만 골수에 백혈병 세포가 몇 개 있는지) 한시바삐 알아야 했다. 그리고 백혈구 세포 수, 적혈구 세포 수, 혈소판 수도 알아야 했다. 수치가 낮을수록 나쁜 소식이요, 아세포 수치가 높을수록 나쁜 소식이라는 대략의 원리에 따라, 이 수치가 얼마나 낮은지로 이 병의 진행 상태와 심각성을 추측할 수 있기 때문이다. 그러나 정말 나쁜 소식이라면 (우리는 이미 그렇지 않을까 걱정이었는데) 머잖아 아주 나빠질 것이고, 그렇게 되면 이 나쁜 소식이 그 자체로 어머니의 상황을 실질적으로 개선하는 데 "쓰일" 수 있다는 것이 기괴한 폴리아나적 발상이 아니었던가? 이렇다 저렇다 해도 이는 결국 효과적인 연구로 가장한 주술적 사고(죽음을 지배하고자 하는 인간의 오랜 환상을 채워 주었던 철학자의 돌, 연금술사의 묘약 대신 지금은 정보 습득이 그 자리를 차지했는데, 이는 정보만 있으면 새로운 변화가 올 것이라는 거짓된 전제를 바탕으로 한 사고)가 아닌가?

문제: 어머니가 찾는 것은 무엇이었는가?

답: 선고받은 모든 이가 소망하는 것. 즉 감형, 집행 연기.

어머니가 좋아했고 언젠가는 연출하고 싶어했던 연극(이러다가 내 머릿속이 죽는 날까지 온통 어머니가 성취하고자 했고 심지어는 제도판에 적기도 했으나 죽을 때까지 이루지 못한 것의 목록으로 채워지는 것은 아닐까?) 존 게이John Gay의 『거지의 오페라*The Beggar's Opera*』에는 매키스 대장(등장인물)이 교수대에 서는 장면이 나온다. 여기서 화자의 내레이션이 있고, 다음으로 배우(또 다른 등장인물)가 거지(극중의 희곡 작가까지 1인 2역을 맡은 등장인물)에게 연설하면서 항변한다. 매키스는 정말 교수형을 당해야 하는가? 배우가 거지에게 묻는다. 거지는 그렇다고 답한다. 자기 희곡은 사실적이었어야 한다면서. 그러자 배우가 분개하여 오페라는 행복한 결말로 끝나지 않으면 안 된다고 외친다. 거지는 잠시 생각하다가 찬동한다. "나리의 요구는 정당합니다요." 거지는 배우에게 말한다. "그리고 나리 뜻대로 바꾸는 건 쉽습니다요." 그러고는 외친다. "그러니, 거기 오합지졸들아, 달려가 집행 연기라고 외쳐라! 저 죄수를 아내들에게 의기양양하게 돌려보내라."

집행 연기를 백혈병 나라에서는 뭐라고 부르는가? 완화다.

어머니가 아무리 좋아했다고 해도 그렇지, 웬 18세기 예술작품 이야기냐고? 답을 하자면, 이 연극에서 배우가 오페라에 기대하는 바가 비이성적이기는 해도 많은 현대인의 집단 희망이라고 할 수 있을 것 같다. 그런 희망을 품은 현대인 중에는 나의 어머니도 있으며, 병에 관해서라면 나도 포함된다. 이 점을 시인하지 않는 사람들도 있을 것이며, 많은 사람이

자기 죽음에 대해서는 무슨, 몸에 맞는 옷 한번 걸쳐 보듯 툭 내뱉듯이 말한다(나도 그런다). 그러나 어쨌거나 죽음이라는 현실과, 사람이 자연사가 아닌 어떤 원인으로 죽어야 한다는 현실 간의 근본적인 간극이 드러났다. 우리는 사고나 살인 사건이나 기아 혹은 전쟁터에서 죽지 않는다면, 지난 30년 동안 심장마비와 뇌졸중 분야에서 이루어진 혁혁한 발전과 인간 수명이 길어졌다는 사실에 근거하건대, 암에 걸려 죽을 가능성이 높다. 인간은 누구나 죽는다는 현실과, 선진국에서 기대하는 것처럼 당장은 아니더라도 미래 어느 시점에는 반드시 모든 질환의 치료법이 나올 것이라는 확고한 믿음을 어떻게 조화시킬 것인가? 죽음을 받아들이는 것이 전자의 논리라면 후자의 논리는 죽음은 어쨌든 과실이며 언젠가는 그 과실이 수정될 것이라는 생각이다.

아마도 이런 인식 때문에 "암 정복"(리처드 닉슨이 1971년 국가 암 법National Cancer Act에 서명할 때 내세운 문안)이라는 은유가 2007년까지 대다수 사람들에게 받아들여지고 있을 것이다. 얼마 전 미국 에이비시 방송의 저녁 뉴스에는 암 치료율이 높아지고 있으나 "이제 겨우 전투에 한 번 이긴 것"일 뿐이라는 보도가 나왔다. 그러나 암과의 전쟁에서 이긴다는 것이 죽음과의 전쟁에서 이긴다는 뜻일까? 이것이 어머니가 우리 둘 다 아주 아슬아슬하게 놓칠 것이고 탄식했던 그 화학적 불멸일까?

그 궁극적 목표가 불멸, 아니면 최소한 오늘날 우리가 상상하지 못할 정도로 늘어난 수명이라면, 전쟁이라는 은유가 어찌 그럴듯하지 않겠는가? 전쟁에서는 어느 한쪽이 패배하게 되어 있다. 『은유로서의 질병』은 크게 보면 이런 식으로 투병을 군사화하는 세태에 대한 공격이었으며, 그런 은유는 "전쟁광들"한테나 돌려주자는 호소로 맺는다. 그러나 어머니는 당대 의학 연구가 모든 질환은 아니더라도 결국에는 대부분의 질환에 치료법을 찾을 것이라는, 훨씬 간절한 가정(적어도 일반인들의 생각 속에 자리 잡은 가정)을 전적으로 지지했다. 돌이켜 보면 어머니가 유방암과 화해하던 시점 이래로 어머니를 지탱해 준 것이 이 믿음이었다. 그 믿음은 어머니가 1990년대 말에 자궁육종을 앓을 때도 힘이 되어 주었다. 골수이형성증후군 판정을 받았을 때도 어머니는 이 믿음에서 다시 위안과 힘을 얻고자 했다. 현실적으로 어머니 연령대라면 어떤 말기암이라도 생존율이 낮은 것이 분명했지만.

지금까지도 나는 어머니가 그만큼 이겨 냈었다는 사실이 놀랍다. 다만 그렇게 이겨 낸 것이 축복이었는지, 저주였는지는 모르겠다.

4

골수이형성증후군 판정을 받은 뒤부터 어머니는 멍한 졸음 상태와 날카롭고 광적인 분주함 사이를 오가다 가끔은 날 선 히스테리에 빠지는가 하면 생뚱맞다 싶을 정도로 이성적이고 차분해지기도 했다. 어머니의 아파트가 늘 사람들로 북적거리는 것이 크게 도움이 되었다. 어머니는 나이가 들수록 혼자 있는 것을 견디기 힘들어했다(어머니에게 고독은 오로지 글쓰기에 침잠해 있을 때만 조금이나마 견딜 만한 것이었다). 그런데 다시 아프면서 어머니는 아주 잠깐이라도 홀로 있는 것을 견디지 못했고, 어머니와 가까운 사람들은 재빨리 당번제 비슷하게 순서를 정해 (한 명 이상이면 더 좋고) 최소한 한 사람이라도 어머니 아파트를 지키도록 했다. 영국 작가 존 버거John

Berger는 사랑의 반대가 미워하는 것이 아니라 "헤어지는 것"이라고 쓴 바 있다. 그것이 바로 어머니의 생각이다. 네 살 때 친아버지를 잃어 평생 아버지를 알지 못하고 산 여인의 반응이라면, 너무나 이해되지 않는가?

어머니가 다시 아프기 한참 전부터 이 불안감은 갈수록 심해지고 있었다. 어머니는 손님이 가려고 자리에서 일어날 때면 불안해했고, 걸핏하면 앤 점프에게 어머니의 복잡한 여행 계획만이 아니라 가까운 사람들(나, 파올로 딜로나르도, 애니 리보비츠, 그 밖의 몇 사람)의 여행 계획 목록까지 만들어 달라고 했다. 식사가 끝나면 서점이나 음반 가게에 이런저런 심부름을 부탁하거나 하다못해 커피 한 잔이라도 사다 달라고 했다(어머니는 사람들과 어울려 가볍게 마시는 것을 좋아했지만, 그 이상은 아니었다). 물론 이제는 어머니 홀로 남겨질 가능성은 없어졌다. 의사에게 처방받은 아티반Ativan을 복용하고서도 사람들한테 둘러싸여 불안감에 사로잡힐 때도 있었다. 그런데도 어머니는 어머니답게, 자기가 너무나 불안해한다는 사실에 놀랐다. 스스로 얼마나 무서워하는지를 부인하지 않으면서도 그것이 불안 발작이라는 사실은 믿지 못했다. 내가 어머니는 상당히 오랫동안 불안한 상태로 살아온 것 같다고 말하자 어머니는 동의도 반대도 하지 않았다. 그렇게 보였다니 놀랍다고 하면서 생각해 볼 일이라고 말했다.

실제로 어머니는 침울한 기분에 푹 파묻혀 있다가도 어느새 밝아지고 그러다 다시 침울해지곤 했다. 이 악마적인 주기 변화는 갈수록 심해졌다. 그 시기에 일어난 변화 가운데 가장 선명하게 기억되는 점은, 어머니의 극심한 감정 기복이 얼마 지나지 않아서 무시무시할 정도로 정상적으로 느껴지기 시작했다는 사실이다. 때로는 어울리지 않게 화기애애한 분위기였다가 당장이라도 히스테리가 터질 것 같은 들뜬 상태가 되는가 하면, 비통한 기분일 때도 묘하게 명랑한 기운이 느껴졌다. 대부분은 어머니 행동으로 해명이 되었는데, 우리는 머잖아 우리 스스로의 감정 변화를 어머니에게 맞추는 데 익숙해졌다(어쨌거나 그러려고 노력은 했다). 진단을 받기 전보다 세상사에 대한 관심도 줄었고, 처음에는 글을 쓰려는 노력조차 하지 않았다(하지만 대다수 작가들이 글 쓰지 않을 때 그러는 것처럼 어머니의 대화 주제도 노상 글쓰기였다). 하지만 미루어 짐작하건대, 어머니 머릿속은 내가 상상도 할 수 없을 만큼 밀접하게세계와 이어져 있었을 것이다.

돌이켜 생각하면 어머니의 머릿속에서 두려움의 소음과 침묵이 오간다는 것을 알 수 있는 신호가 딱 하나 있었는데, 이따금씩 얼굴이 갑자기 크게 일그러졌다가 또 그만큼 갑자기 사라지는, 찡그린 표정이었다. 어머니는 여전히 주방에 앉아 아침을 맞이했다. 1959년, 뉴욕에 온 지 얼마 안 되어 중고

할인점에서 구입한 이래 무일푼의 희망과 곤궁, 매혹이 공존했던 그 시절의 다른 물건들은 거의 다 없애면서도 버리지 못했던, 그 생채기 많은 나무 식탁 앞에 앉은 어머니의 자태는 여왕처럼 늠름했다. 어머니는 여전히 그날 아침 신문에서 읽은 일이나 다가오는 음악회나 영화, 그 전날 밤에 읽었던 책에 대해 이야기하고 싶어했다. 어머니가 다시 아프다는 사실을 알기 전 그래 왔던 그대로.

아프다는 사실을 '알기 전' 이라고 써 놓고 보니 뭔가 이상하다. 어머니가 혈액검사와 골수 생검을 통해 몸에 크게 잘못된 일이 벌어지고 있다는 재앙과도 같은 판결을 받기 전에는 뭔가 알아차린 것이 없었을까, 하는 생각을 떨쳐 낼 수가 없다. 어머니가 진단을 받기 한 해 전에 이미 그런 가능성을 생각해 볼 수 있는 징후가 있었을 텐데, 뭐냐면 건강검진 때도 많은 문제가 발견된데다 특히나 폐 일부가 망가진 중증 흉막염도 있었다. 그런데 앤 점프가 나중에 해 준 얘기는 더 놀라웠다. 어머니의 집안 도우미 수키 친칸이 어머니 몸 여기저기에 어째서 주기적으로 멍이 생기는지 몇 달 동안 내내 염려해 왔다는 것이다. 위치로 보아서 가구에 부딪히거나 집안에서 잘못해서 생긴 멍은 아닌 것 같았다고 한다. 수키 친칸이 어머니에게 이 얘기를 하면 어머니는 별 말씀 없이 그저 딴 얘기로 돌리곤 했다고 한다.

나는 알고 싶다. 어머니 도우미를 염려하게 만들었던 그 멍이 어째서 어머니의 자궁육종 치료와 그 사후 치료까지 맡았던 의사들 눈에는 띄지 않았는지 말이다. 이 치료를 받기 위해서는 전신을 검사해야 하고, 수술을 받고 나서는 화학 치료를 받을 때 매번 새로 혈관을 뚫을 필요가 없도록 목 부위 혈관에 이식한 인공 혈관을 세척했는데 말이다. 물론 나는 의사들이 어머니에게 뭐라고 했는지 모른다. 하지만 어머니가 그 멍이 얼마나 긴박한 징후인지 알지 못했던 것은 분명하다. 뭐라고 말했건 간에, 그 의사들은 자궁육종 환자들에게 정기적으로 투약하는 일부 화학 약물이 많은 환자에게 백혈병을 일으킨다는 사실(이번에도 나는 그 의사들이 뭐라고 말했는지 모르며, 어머니가 들은 말만 알 뿐이다)을 어머니에게 귀담아듣도록 전달하지도 않았다. 이 일을 이야기하자니 어머니가 놀라던 일이 새록새록 와 닿는다. 어머니는 마지막 몇 달 동안 이런 마음을 자주 표현했는데, 그럴 때면 평소보다 훨씬 더 희미하고 나지막한 말투가 되곤 했다. 어머니는 그 의사들 누구한테도 연락하지 않았고, 그들 가운데 누구도 어머니에게 연락하지 않았다. 이 침묵을 어머니는 사무치도록 씁쓸하고 서운하게 여겼다. 치미는 분노를 스스로 검열하지 않고 자연스럽게 받아들이며 어떤 일이건 말로 표현하는 어머니인데, 이 주제만큼은 입에 올리기도 싫어했다.

어머니가 한 일은 슬로언-케터링 백혈병 분과에서 어머니를 진찰한 뒤 주치의가 되고 얼마 지나지 않아 어머니의 친구가 된 스티븐 나이머 과장에게 골수이형성증후군에 걸렸다는 사실을 몇 달 먼저 알았더라면 예후가 많이 달라졌을지 묻는 것뿐이었다. 별로 달라질 것이 없었을 것이라는 나이머의 대답에 어머니는 어느 정도는 실망했을 테지만 위안을 얻었을 것이라고 믿는다. 스티븐 나이머는 A 박사로부터 받아 온 혈액검사와 골수 생검 결과를 세포 유전학으로 재검사한 결과, 어머니의 골수이형성증후군이 **아닌 게 아니라** 자궁육종 화학치료로 인한 것이 **맞다**는 사실을 확신했다. 그러나 어머니는 제롬 그루프만과 어머니를 치료한 다른 의사들에게 스티븐 나이머의 소견에 동의하는가를 묻는 것 이외에는 더 이상 알아보려 하지 않았고, 앞서 말했듯이 자궁육종 화학 치료 때 약물을 투여한 의사들에게도 연락을 취하지 않았다. 그때 나는 어머니가 6년 전의 일에 대해 더 이상 알려고 한다는 자체를 힘들어한다고 느꼈다. 그럼에도 스티븐 나이머를 만난 그 순간부터 어머니는 아무리 희박할지언정 치유의 가능성이 있는가 하는 문제에만 집중했다.

나는 여전히 혼자 묻는다. 어머니가 아프다는 것을 정말로 알았는지, 아픈 건 아닐까 하고 최소한 의심이라도 하지 않았는지. 나만 그런 것은 아니었다. 뒤늦게 알았지만, 모두들 예상하고 있었다. 그전 여섯 달 동안 어머니와 가까운 사람들은 그 의사 중 한 사람이라도 어머니의 안색이 얼마나 안 좋은지, 뭔가 잘못된 것은 아닌지, 어머니가 괜찮지 않다는 것을 알아봤어야 하는 것은 아닌지 자주 이야기했다. 그러나 이런 대화가 다할 무렵이면 (이제 와서 그래 봐야 무슨 소용이겠는가?) 결국에 튀어나오는 것은 번번이 그 애처로운 물음이었다. "어째서 자기 스스로는 알아차리지 못한 거야?"

나는 우리끼리 주고받는 이런 뒤늦은 깨달음보다는 당시 내가 속으로만 꾹꾹 담아 두었던 어머니의 비밀을 생각할 때 이 물음이 훨씬 더 야속하게 느껴졌다. 어머니가 유방암을 앓던 시기에 나는 어머니에 관해서 한 가지 사실을 알게 되었는데, 어머니는 이것을 비밀로 지키고 싶어했다. 내가 아는 한 어머니가 이 일을 말한 사람도 그 시기에 어머니 곁에 있던 절친한 친구 파올로 딜로나르도와 나, 두 사람뿐이었다. 나는 그 정보에 굴복하고 싶지도 않았고, 그 사실을 안다는 것 때문에 죄의식을 느끼고 싶지도 않았다. 그렇다고 그 일 때문에 어머니가 흉막염을 앓을 때 굳이 관심을 보이지 않는다거나, 어머니가 자신의 몸을 편하게 보여 줄 수 있었을 유일한 사람 수키 친칸에게 어머니의 몸 상태가 어떤지 확인하지 않는다거나 하고 싶지는 않았다. 이 문제를 생각한다는 것은 어머니가 늙었다고 생각하는 셈이었다. 나는 그래 본 적이 없었다

(무언가를 아는 것과 그것에 대해 생각하는 것은 결코 같은 것이 아니다). 어머니가 늙었다고 생각한다는 것은 현실, 정말로 현실, 그러니까 어머니의 죽음이라는 현실에 직면해야 한다는 뜻이기에. 모르긴 해도 이 고의적 외면은 쌍방과실이었을 것이다. 어머니는 하지 않으려 했고 나는 할 수 없었던 일.

"현실에서 우리는 언제나 두 시간 사이에 있다. 육체의 시간과 의식의 시간 사이에."

존 버거가 했던 말이다. (결코 안전할 수 없는) 육체의 즐거움을 유방암 수술로 인해서 돌이킬 수 없이 빼앗겨 버린 어머니에게 중요한 것은 결국 의식뿐이었다. 누군가 어머니에게 의식만으로 영원히 사는 삶을 제안한다면, 그것이 몸뚱이 없이 머리만으로 이루어진 공상과학적인 삶일지언정, 어머니는 안도감과 감사한 마음으로 (어쩌면 입맛 다시며) 받아들였을 것이다. 어머니가 삶을 너무나 사랑해서 그런 것만은 결코 아니다. 어머니는 한 친구에게 우스갯소리로 "세상이 얼마나 더 멍청해지는지 보기 위해서라도" 될 수 있는 한 오래 살고 싶다고 말한 적이 있다. 그러나 어머니에게는 죽음에 대한 공포가 그 어떤 것보다도 강했다. 그 공포는 그 무엇으로도 위로할 수 없었던, 어디에서도 외부자라는 느낌, 어디에도 어울리지 않는 사람이라는, 그 뿌리 깊은 느낌보다도 강했다.

하지만 내가 들은 이야기만 갖고 보면 어머니는 인생에 집착은커녕 아무 애착도 없는 사람, 아예 죽기로 작정한 사람이었다. 어머니는 작품을 위해서라면 목숨이라도 걸 태세였던 것이다. 내가 들은 이야기가 그 증거다. 어머니가 말해 준 대로라면 복잡할 것도 없는 이야기다. 1998년에 어머니는 소설 『인 아메리카*In America*』를 끝내기 위해서 파올로의 고향 바리Bari에 칩거했다. 토마스 만이 "작가란 글쓰기를 그 누구보다도 힘들어하는 사람"이라고 했는데, 어머니는 이 말에 내가 아는 어떤 다른 작가보다도 뼈저리게 공감했다. 어머니는 『인 아메리카』 집필에 겁을 먹고 있었는데, 아마도 전작 『화산의 연인*The Volcano Lover*』이 어머니 최고의 작품이라는 부담이 컸을 것이다. 그래서인지 오랫동안 지지부진했다. 그러나 오랜 세월 어머니의 은신처였던 바리에서 수많은 밤을 헛되이 지새운 뒤 이 작품의 결말을 떠올리고는 뛸 듯이 기뻐했다고, 어머니는 이야기했다. "이젠 그 어떤 것도 나를 멈출 수 없어." 어머니는 그때 이렇게 생각했다고 했다. 그로부터 며칠 뒤 처음으로 소변에 피가 섞여 나왔고, 몸이 자꾸만 붓는 느낌이 들었다. "아프다는 건 당연히 알았지." 어머니는 말했다. "암이라는 것도 거의 확실했고."

"그래 놓고 책 끝내겠다고 계속 쓰신 거죠?"

내가 물었다.

"어떤 것도 어머니를 막을 수 없었다고요? 어머니의 몸마

저도요?"

우리는 주방에서 그 생채기투성이 식탁을 사이에 두고 앉아 있었다. 어머니가 자궁육종 수술을 받은 지 두 해, 화학요법이 끝난 지 한 해 만이었다. 어머니는 허드슨강이 내다보이는 유리문을, 나는 어머니를 마주 보고 있었다.

어머니는 대답할 필요가 없었고, 대답해 봤자 소용없을 상황이었다. 그리고 나는 마땅히 할 말이 없었다. 어머니의 결정을 나무랐어야 했을까? 그래야 했다면, 한참 전에 했어야 했다. 어쨌거나 그렇게 했다면 그것은 어머니가 아니라 나를 위한 행동이었겠지만.

어머니는 어머니였을까…… 이건 너무 감상적인 질문일까? 어머니는 평생 자부심과 글을 향한 열정과 기쁨을 위해 너무나 많은 것을 희생했다는 후회를 오가며 살았는데, 이 얘기를 할 때면 어머니는 거의 어김없이 '그 글' 이라고 불렀다. 일기에서는 이것이 유독 자신을 괴롭히는 항목이라고 스스로를 비웃는 대목이 가끔씩 나오지만 그럼에도 어머니는 치열하게 매달렸으며, 어머니가 진심으로 거기서 빠져나오려고 한 적은 없었을 것이다. 글은 완성되어야 했으며, 어떤 대가를 치르더라도 나와야 했다. 어머니는 사춘기부터 글쓰기에 방해가 되는 그 어떤 것도 허용하지 않았다. 어머니가 적어도 "나의 글" 이라고 말할 수 있었다면 얼마나 좋았을까. 내가 보기에 어머니는 스스로를 일인칭대명사로 부르는 법이 없을 정도로 자기를 객관화하느라 정작 자기 대접엔 인색한 사람이었다. 그러나 그것은 (내 생각이 맞는지, 사람이 타인의 욕구를 알 수 있는 건지는 잘 모르겠지만) 심리적인 문제고, 이것은 죽느냐 사느냐의 문제였다. 어머니가 1998년 바리에서 있었던 일을 말해 주기 전까지 (죽음을 그토록 두려워했던) 어머니가 이 상황을 얼마나 감당할 수 있을지 알 수 없었다. 그래서 나는 아무 말도 하지 않았다. 기억나는 것은 내가 웃었다는 것, 그러고는 뭐라고 할 말이 떠오르지 않아 난처해하는데 어머니가 나를 보고 되웃었다는 것, 그게 다였다. 우리는 그 문제를 다시는 꺼내지 않았다.

그러나 골수이형성증후군 판정이 나오고 나서 생각해 보니까 어머니가 혹시 그전 해에 적어도 무의식적으로라도 이미 그 비슷한 결심을 하고 있던 것은 아닐까 하는 의문이 다시 고개를 들었다. 뭔가 심하게 잘못되고 있다는 징후가 아무래도 5년 전만큼 뚜렷하지는 않았을 것이다. 그러나 나쁜 것만은 분명했다. 어머니는 왜 그 많은 멍을 다 무시했을까? 나한테 말하지 않은 것은 그렇다고 치자. 하지만 왜 파올로한테까지 말하지 않았을까? 파올로조차 멍 이야기는 골수이형성증후군이 확인된 뒤에야 처음으로 들었다.

어쩌면 이런 것, 의미를 찾을 수 없는 곳에서 의미를 추구

하는 것, 아니 그보다 더하게, 어머니의 죽음을 어머니가 어떤 식으로든 제어해 온 것으로 만들려고 해 봤자 다 부질없는 짓이다. 어머니의 유전자적 결함과, 생명을 연장하기 위해 체내에 투입한 독성 물질이 장기간 축적된 결과 병이 생긴 것이라고 생각하는 것보다는 아무래도 심리적 결함 때문에 병이 생긴 것이라고 생각하는 것이 받아들이기는 더 쉬울 것이다. 자기 자신이나 사랑하는 사람이 아닐 때는 사람은 왜 병에 걸리며 왜 누군가는 죽고 어떤 사람은 회복하는가 하는 문제를 라이히의 주장이나 뉴에이지적 환상에 기대어 해석하기가 쉽다. 아닌 게 아니라 나도 얼마간은 어머니의 죽음이 어머니가 어떤 식으로든 원했던 것(타나토스의 앙갚음)이라고 생각하고 싶은 마음이 있었다. 불합리함이 이런 식으로 사람에게 위안이 되기도 한다. 아마도 이것이 세계가 언제라도 누군가의 납골당이 될 수 있는 이유일 것이다. 어머니가 무심한 유전자 결함의 희생자라고 생각하는 것보다는 자살했다고 생각하는 것이 더 편한 것이다.

'희생자' 라는 어휘에는 어느 정도 비틀린 구석이 있지만, 그것이 정확하게 어머니의 상황이었다. 인간의 하찮음도 인간의 존재만큼이나 불가사의한 법이다. 영국의 위대한 과학자 J. D. 버널이 어디선가 "욕망의 역사와 운명의 역사"가 있는데 "인간의 이성은 그 둘을 구분하는 법을 배우지 못했다"

고 썼다. 좀 더 평이하게 말하자면 나의 모든 의심과 불안에도, 어머니가 실은 뭔가 잘못되었다는 진단을 받기 전에는 그 사실을 알지 못했다고 믿게 만드는 한 가지 강력한 근거가 있다. 그리고 이것이 내가 상상할 수 있는 최악의 근거인데, 어머니가 다시 암의 나라에 들어갔으며 이번에는 치료될 확률이 이전 어느 때보다도 나쁘다는 이야기가 나올까 봐 죽도록 공포에 떨지 않았는가 하는 것이다.

그 사실을 바꿀 수 있는 것은 아무것도 없었다. 아파트에서 이루어지는 일상으로도, 그 재앙과도 같은 시간 가운데 결코 쉽지 않게 찾아오는 쾌활한 순간으로도, 되지 않는 일이었다. 어머니와 가장 가까운 우리가 골수이형성증후군에 대해 알아낸 모든 것이 상황을 더 어둡게 만든다는 사실은 변함이 없었다. 우리는 하나둘 인터넷 자료 읽기를 그만두었다. 인생은 아무런 자비를 베풀지 않는 것인지, 어머니가 돌아가신 뒤 그 시기를 생각하다가 『은유로서의 질병』 작업 노트에서 이 정의를 찾아냈다. "백혈병: 암 중에서 죽음이 깔끔한 유일한 병, 낭만적으로 바라볼 수 있는 유일한 죽음."

아아, 어머니가 진단을 받고 본격 치료를 받는 짧은 기간 알게 되듯이, 결코 그렇지 않았다.

그 시기에 우리는 의사며 의사와 관계있는 사람들, 의사를 아는 사람들, 심지어는 백혈병에 경험이 좀 있는 사람의 아는 사람의 아는 사람들까지, 조언을 줄 만한 사람이나 새로운 의사나 새로운 치료법 따위를 찾아 끝없이 전화를 돌려댔다. 어머니는 이런 사람들과 통화를 할 때면 활기에 넘칠 때가 많았고, 늘 명징해 보였다. 어머니는 끝까지 집요하게 물었고, 끝없이 받아 적었다. 이번에도 어머니 안의 학생이 살아 움직였다. 그러나 그 뒤에 남은 것은 필기를 다 지운 교실 칠판처럼, 수업을 했던 백묵 얼룩 몇 줄뿐이었다. 어머니는 멍한 눈으로 이게 다 뭐하자는 짓이냐는 듯한 표정으로 받아 적은 메모를 바라보곤 했다. 그러다가는 앤 점프나 나, 아니면 내가 우리로 생각하게 된 어머니의 '짝꿍' 친구들을 보았다. 그러고는 방금 한 통화를 엿들은 사람이 없다는 것을 알면서도 어머니는 이 얘기를 나중에 꼭 다시 짚어 달라고 부탁하기도 했다.

우리가 당장 어머니의 정신 상태를 염려했다는 얘기만으로는 어머니와 가까웠던 사람들이 느꼈던 불안감이 제대로 설명되지 않는다. 물론 아픈 사람을 사랑하는 사람들이 겪는 고통이 아무리 크다 해도 당사자가 겪는 고통에 비할 바가 못 된다. 그러나 나는 친지들이 느끼는 무력감에는 어딘가 비슷한 데가 있다고 생각한다. 개중에는 어머니가 실성했다고 생각한 사람들이 있었다. 나는 그렇지 않을 거라고 생각했지만 설사 그랬다 해도 어머니로서는 그러고도 남을 만한 상황이었다. 하지만 이러다가 내가 실성하는 게 아닌가 하는 생각은 들었다. 내가 한 게 뭐가 있다고.

그러면서 정보가 쌓여 갔다. 어머니 안의 우등생은 거기에 집중했다. 어머니의 메모를 뒤적여 보니 어머니가 사람들한테 들은 정보나 인터넷에서 구한 정보 대부분이 객관적이었다는 생각이 든다. 초반 것은 대부분 골수이형성증후군과 급성골수성백혈병의 정의와 다양한 관련 질환들과 가능한 치료법에 관한 자료였다. 그중에는 어머니가 이미 소개받았던 치료법인, 생명을 몇 달 연장할 수는 있으나 완치 가능성이 없거나 상태를 몇 달 이상은 완화시키지 못한다는 5-아자시티딘이 있었고, 소수 환자들에게 어머니가 찾는 희망을 준 다양한 형태의 줄기세포 이식수술 관련 정보도 있었다. 사망률과 완화 기간에 관한 쪽지도 비슷하게 많았다. 한 쪽지에는 어머니의 골수이형성증후군 형태라면 "생존율: 7분의 1"이라고 적혀 있었다. 돌이켜 보자면 어머니가 처한 상태에서 그 정도 생존율이 얼마나 터무니없는 낙관인지를 어머니 스스로도 알았던 것이 아닐까 하는 생각이 든다.

그러나 어머니의 목표는 살아남는 것이었고, 판정 받은 순간부터 거의 사망 시각까지 그 목표는 한 번도 수정되지 않았다. 어머니는 그 병이 치명적이라는 것을 알았고 어머니가 훌륭한 학생이라는 사실도 틀림없지만, 그럼에도 어머니는 의학과 생물학이라는 생소한 세계의 짙은 안개 속에서, 독립적인 성인에서 (그 모든 겁팁과 공포와 고통을 고통을 떠안은) 어린애나 다름없는 환자로 역행하는 어두운 안개 속에서, 대부분의 환자가 그러듯이, 길을 잃고 당황했다. "세포 사멸", "골수성", "임파종" 백혈병 세포, "자가 이식", "동종" 줄기세포 이식, "클론성" 병변 같은 어휘가 적혀 있고, 그 정의가 적혀 있다. 그러나 의지를 불러 모으고 다음 단계에서 무엇을 할 것인지를 결정하기 위해서 적어도 자신의 병에 대해 조금이라도 숙지하는 것 말고는 이런 것이 다 무슨 쓸모가 있겠는가? 메모를 보면 어머니는 어느 하나 놓치지 않고 기록하고 싶어했던 것 같다. 클론성 병변이란 동일한 줄기세포나 모세포에서 오는 모든 세포를 가리킨다. 골수이형성증후군에서 세포 사멸이란 미숙한 아세포들이 스스로 파괴되게 만드는 것을 뜻한다. 자가 이식은 자기 몸에서 뽑아내거나 아니면 디엔에이가 완전하게 일치하는 형제나 자매에게서 뽑아낸 동일한 줄기세포를 이식하는 것이고, 동종 이식은 혈연이 아니지만 유전자가 근사하게 일치되는 기증자의 줄기세포를 이식하는 것이다.

그러나 이 정보로 무엇을 할 수 있었겠는가? 어머니가 추천받은 의사들에 관해서 어머니가 적어 놓은 것을 보면 대부분까지는 아니더라도 많은 부분이 과학자가 아닌 한 알아들을 수 없는 소리임을 강조할 뿐이었다. 과학 논문은 너무 난해했고 사망률은 너무 명료했다. 주제를 '파악'하고 정보를 이해하는 능력만큼은 자신만만하던 어머니조차 따라가기 힘든 이야기들뿐이었다. 나도 별반 다를 바 없어 갑자기 문맹이 된 것 같았다. 온갖 정보가 있으면 뭐하는가? 알아듣지 못할 외국어인데. 그뿐인가? 해석을 해 보면 보통은 나쁜 소식이었다.

어찌 되었건 정보가 곧 이해는 아니다. 내가 이 말을 정말로 (그러니까 본능적으로) 이해하지는 못했다는 것을 이 시기에 비로소 깨달았다. 우리가 어머니의 아름다운 아파트에 모여 기적을 찾아 다 같이 허둥지둥 인터넷을 뒤질 때, 어머니는 나타나 주지 않는 기적을 기다리고 어머니를 사랑하는 사람들은 꿈에서는 무슨 소리를 들었건 당장은 믿어 보자고 하는 모습을 보면서.

5

어머니는 극도로 절망했을 때 이런 말을 자주 했다.

"내 생전 처음으로, 내가 특별하게 느껴지지 않는구나."

적어도 지금 와서 보면 어머니가 두 차례 암을 이겨 낼 수 있었던 것, 또 그 병을 이겨 낸 것이 어떤 통계적 우연이나 생물학적 요행 이상의 것이었다고 생각할 수 있었던 것이 바로 이 '특별하다' 는 느낌이었다. 행운이라고 하자니 너무 밋밋해지고 무엇보다도 너무 일반적인 개념이 되어 버린다. 어머니에게 두려움이 없었다는 말은 아니며, 내면 깊숙이 합리적이지 못한, 어딘가 '나는 살 운명' 이라고 믿는다거나 아니면 그 비슷하게, 굴절된 과대망상에서 나온 미신 같은 생각이 없었던 것은 더더욱 아니다. 자신이 "특별하다" 는 어머니의 믿음은 예술가들한테서 볼 수 있는 바로 그런 자의식이었다. 언젠가 어느 작가로부터 어머니가 스스로를 너무 대단하다고 생각하는 것 같다는 모욕적인 서평을 받았을 때 어머니는 이렇게 말했다.

"내가 내 작품을 믿지 않는다면 다른 사람이 그래 줘야 할 이유는 없겠지."

어머니와는 기질이 다른 사람이었다 해도 그런 병을 이기고 살았다는 사실을 그렇게 일반적인 요인으로 받아들일 만큼 초연하기는 힘들었을 것이다. 솔직히 그렇게 냉정할 수 있는 사람이 많을 것 같지는 않다. 이제 곧 죽을 거라던 사람이 거의 모든 전문가의 예측과 그 불리한 확률을 이기고 살았는데, 그 상황에 어떻게 의미를 부여하지 않을 수 있겠는가? 그렇게 힘들여서 알맞은 의사를 찾아내고 그 고통스러운 치료 과정을 용감하게 다 받아들인 사람이라면 자기가 땅속에서 썩고 있어야 할 시간에 이 땅 위를 걸어 다니고 있을 이유 같은 것은 없다고 말할 수 있겠는가? 암 환자에게는 자기가 무언가를 잘못해서 그런 병에 걸린 것이라는 생각과 싸우는 것만도 버거운 일이다. 요즘 들어서는 심리적 억압이 암을 유발한다는 라이히의 주장에서 잘못된 섭생이 암을 유발한다는 쪽으로 바뀌고 있다. 하지만 이 또한 자책이 토대가 되는 발상으로, 암 환자가 암에 걸리는 것은 자기 잘못이라는 뿌리 깊은 의식이 여전히 만연한 상황이다.

그 모든 것을 이겨 내고 살아남았다고 해 보자. 그런 생존은, 이성적으로는 아무리 아니라고 여긴다 해도, 기적으로 느껴질 수밖에 없다. 기적은 차치하고라도, 아무리 의심 많은 기질의 소지자라 할지라도 거기에 무언가 의미가 있다고는 느낄 것이다. 다른 시대, 다른 기질이라면, 이런 것이 개종의 계기가 되기도 한다. 특히 기독교에서는 이것이 오랜 수사다. 성 이그나티우스 로욜라Saint Ignatius Loyola 이야기를 생각해 보라. 전쟁에 나가 끔찍한 부상을 이기고 살아난 그는 세속의 삶을 접고 예수회를 창설했다.

어머니에게 개종은 없었다. 어머니의 무신론은 눈을 감는 순간에도 유방암으로 몸이 노인처럼 허약해지기 전의 한창때와 다름없이 바위처럼 단단했다. 어머니와 친했던 몇 사람은 장례식에 종교를 집어넣으려고 했고 심지어 매장이 끝난 뒤 무덤에 대고 기도문을 읊기도 했다. 그래 봤자 어머니에게는 하나 마나 한 일이었겠지만. 그러나 나는 어머니가 암을 이기고 산 경험이 어린 시절 어머니를 지탱해 주었던 그 "특별하다"는 느낌을 더 강하게 만들어 주었을 것이라고 믿는다. 어머니는 이 시대에 유행하는 억지 낙관을 어머니가 나고 자란 미국 내륙 중부의 정서와 연관 지었으며 그런 정서를 두려워한 동시에 경멸했지만, 그러면서도 무의식적으로나마 그 낙관으로부터 자유롭지는 못했다. 이 낙관이 어머니가 병에 임하는 정서였던 것이다.

어머니가 초인이 아닌 한 스스로 암을 이기고 살았다는 사실을 적어도 어느 정도는 높이 살 만하다고 여기는 것이 당연했다. 암을 이기기 위해 어머니가 감수해야 했던 고통의 정도만으로도 그렇다. 어머니 스스로도 긍정적인 자세가 병을 이기고 살 수 있었던 하나의 요인으로 작용했다고 여겼다(긍정적인 자세가 면역 체계를 강화한다거나 화학 치료의 효과를 높인다는, 문자 그대로 생화학적인 의미는 아니다). 확실히 이런 류의 낙관주의는 암 치료 분야에서 혁혁한 진보가 이루어지고 있다고 줄기차게 선전해 대는 미국 암 관련 기관들의 '공식' 낙관주의와 크게 다르지는 않은데, 미국국립암연구소의 최근[2002년~2006년 역임] 소장 앤드루 폰 에센바흐Andrew von Eschenbach의 말을 빌리자면, 암은 앞으로 15년 이내로, 오늘날의 에이즈처럼, 죽을 확률이 높은 질병이 아닌 만성병으로 치료될 것이라고 한다.

어머니는 이런 식의 낙관주의 포장이라면 질색이어서 언론이 승리에 들떠 "암과의 전쟁에서 이긴다"느니 "암의 고비를 넘는다"느니 하는 소리를 떠들라치면 눈 한 번 땡그랗게 뜨고 말거나 몇 마디로 비웃고 넘어갔다. 그러나 실은 어머니도 다른 사람들만큼이나 낙관주의의 힘을 믿었다. 하지만 솔직히 어머니 자신이 그렇다는 것을 확실하게 인지했는지는 모르겠다.

골수이형성증후군 판정을 받기 얼마 전, 경쟁적인 스포츠에는 뼛속까지 냉담했던 어머니가 사이클 챔피언 랜스 암스트롱Lance Armstrong에 관심을 갖기 시작했다. 물론 그 이야기에서 어머니의 주의를 끈 것은 12년 전 암스트롱이 전이성 고환암 판정을 받았을 때 생존 가능성이 거의 없었다는 사실이었다. 그런데도 그는 살았을 뿐만 아니라 투르 드 프랑스(Tour de France, 1903년에 시작된 프랑스 전역 일주 사이클 대회. 옮긴이)를 연이어 제패했다. 어머니는 암스트롱이 공전의 7연패를 거두기 전에 돌아가셨지만, 살아 계셨더라면 확신하건대 이 일곱 번째 승리에 굉장히 기뻐했을 것이다. 암을 "물리치기" 위해 최첨단 치료를 해 줄 적임자를 찾아 나섰다는 그의 이야기는 어머니가 유방암 판정을 받았을 때 했던 바로 그 생각이었다. 어머니 역시 주어진 치료만으로 만족하지 않았으며, 어머니 역시 의사들은 현실적으로는 살지 못할 것이라고 했으나 그 확률을 높여 생존에 성공하게 해 줄 치료를 제공할 전문가를 두루 찾아다녔고, 어머니 역시 그렇게만 한다면 정말로 죽지 않을 것이라는 믿음을 끝까지 버리지 않았다.

어머니와 암스트롱처럼 직업을 비롯하여 어느 하나 닮은 데 없는 두 사람의 생각이 그렇게 닮을 수 있다는 사실이 놀라웠다. 최근에 암스트롱은 암 연구와 치료를 위한 재단을 설립하고 그 홍보를 위해 시엔엔 방송에 나왔다. 질문자가 암 판정을 받고 나서 절망한 적이 있었는가 묻자 대답했다. "그럴 때가 있죠, 물론. 약해지는 순간이요. 나는 죽을 거야, 어쩌면 죽을지도 몰라, 그런 생각이 들 때가요. 저는 최선을 다하고 철저히 집중했어요. 저를 맡은 의사들과 의학과 치료 과정을 절대적으로 신뢰했고요."

이 말을 들으면서 나는 (어머니가 돌아가신 지 벌써 두 해나 지났는데) 깜짝 놀랐는데, 마치 어머니의 말을 듣는 것 같았기 때문이다.

어머니의 일기를 읽고 어머니의 암 수술과 치료가 그런 식이 아니었다는 것을 알았다. 그러나 어머니는 그렇게 기억했을 것이며, 그렇게 "덧쓴" 것이 그 시기 이후 어머니의 삶을 규정하게 된다. 어머니의 이야기는 이성적 희망의 표상이었다. 어머니의 설명대로, 어머니의 암 투병 궤적은 사망 선고에 가까운 판정에서 의료진의 비관으로, 희망을 줄 수 있는 의사(어머니의 경우는 파리의 이스라엘 박사)를 찾아다니는 과정으로, 고통스럽지만 생명을 구할 수도 있을 치료와 회복으로 이어졌다. 암이라고 해서 항복하지 않으며 끝까지 열심히, 그리고 무엇보다도 현명하게 싸운다면 이길 수도 있다는 믿음으로.

물론 그렇다고 어머니가 어리석게 혹은 자기 생각에만 사로잡혀 회복을 기정사실처럼 받아들였다는 뜻은 아니다. 어머니는 상황을 너무도 잘 알고 있었다. 회복될 가능성이 있는 환자가 소수만이었다고 해도 어머니가 유방암 치료를 받던 당시에는 희망을 품기에 충분했고 앞으로 어떻게 할지 결정을 내리기에 충분했다. 어머니는 스스로 해냈다는 사실을 깨달았고, 약간의 희망만 있으면 병세를 얼마간 완화시킬 치료법이라도 충분하다고 생각했다. 내 생각에 어머니는 희망이 없는 기사들은 밀어냈던 것 같다. 대신 어머니가 택한 것은 나로서는 일종의 '적극적 부정' 이라고밖에는 설명이 되지 않는 태도였다. 어머니가 나쁜 소식을 무시하면서 어떻게든 힘을 잃지 않고 계속 싸울 수 있었다는 것, 무엇보다도 계속 글을 쓸 수 있었다는 것은 어머니도 인간이라는 표시였다. 하지만 조금만 깊이 들여다보면 어머니처럼 죽음을 두려워하던 사람에게 이런 적극적 부정은 죽음 자체에 대한 부정이었다는 생각이 든다.

그렇다고 어머니가 시종일관 이렇게 말한 것은 아니다. 그와 반대로 유방암을 겪은 뒤 어머니에게는 완화와 완치의 구분 자체가 희미해졌다. 어머니가 예전에 큰소리로 말한 바 있듯이, 사람은 누구나 죽는다는 비정한 현실은 본질적으로 인생 자체가 일시적인 진정 상태일 뿐임을 뜻한다. 그렇지만 다른 면에서 보면 어머니가 "일시적인 진정 상태"라고 말한 것은 죽음을 추방하여 쓰던 글로 돌아가고 앞으로 쓰려 했던 책 기획으로 돌아가고 책 수집으로 돌아가고 여행으로 돌아가겠다는 뜻이었다. 어머니에게 "진정 상태"란 죽음의 세계에서 살아 돌아오는 것과 동의어나 마찬가지였다. 스틱스강을 건너 돌아올 필요가 없을 페르세포네 말이다.

루이 15세의 유명한 정부 마담 뒤 바리Madame du Barry가 단두대에서 형 집행자에게 "딱 일 분만 더 살게" 해 달라고 애원했다는 이야기가 전해진다. 어머니가 무모할 정도로 용감하다고는 해도, 누구한테건 뭐든 애원하기에는 너무나 기품 있는 사람이었다. "일 분 더"를 애원한다는 것은 있을 수 없는 일이었다. 그러나 더 살기 위해서라면 저 기품을 제외한 어떤 것이든 기꺼이 희생하고자 했으며, 골수이형성증후군 판정을 받으면서 그 의지는 한 번이 아니라 두 번이나 증명되었다. 어머니는 과학이 도와줄 것이라고, 암 연구 분야의 진보가 아주 빨라서 가령 2년의 완화 기간을 얻을 수 있다면 그 사이에 새로운 실험적 치료법이 개발될 가능성이 있고, 그러면 거기서 다시 한 번 치료 기회가 생기는 것이고, 그런 식으로 계속될 수 있다고 믿었다. 과학주의라고 비웃어도 좋다. 그러나 이것이 어머니가 새로운 가능성을 믿을 수 있었던 근거였다.

이런 식으로 말하면 어머니의 방식이 이성이 아닌 믿음으로 표현될 수도 있다는 것을 너무도 잘 안다. 어쩌면 그랬을 수도 있다. 그러나 이성에 대한 어머니의 믿음은 뭐랄까, 비이성적인 정도만이 아니었다. 어머니는 이러한 방법을 취함으로써 유방암을 이기고 살았을 뿐만 아니라, 또 다른 무서운 혈액암(CML, 즉 만성골수성백혈병) 판정을 받았던 어머니의 절친한 친구도 똑같이 했다. 에드워드 사이드Edward Said가 살고자 했던 이유는 크게는 어머니처럼 아직도 써야 할 것이 너무 많다고 느꼈기 때문이다. 그리고 어머니가 그랬던 것처럼, 사이드도 그러기 위해서 얼마나 큰 고통을 받아야 하는가는 문제 삼지 않았다. 그러면서 그가 받았던 고통이란……. 사이드는 마지막 2년 동안 받은 치료로 위가 임신 말기 여성의 배만큼 부풀어 올랐다. 통증은 말로 못할 정도였다. 그러나 어머니가 수없이 말했듯이 (사이드는 어머니가 골수이형성증후군 판정을 받기 몇 달 전에 세상을 떠났는데) "그렇게 연장한 기간 동안 그가 해낸 작업을 봐라."

에드워드 사이드를 죽인 병으로 판정받을 만큼만 운이 좋았으면 좋겠다고 바라는 사람이라면, 이미 지옥 사다리 아랫단에 발을 디딘 것이라고 봐야 할 것이다. 그런데 그렇게 생각한 사람이 우리 어머니였고, 실제로 어머니는 골수이형성증후군 판정을 받은 뒤 종종 씁쓸하게 그렇게 말했다. 골수이형성증후군은 만성골수성백혈병과 달리 장기간의 완화를 유도할 만한 치료법이 전혀 없어서, 그 사이에 새로운 치료법이 개발되고 그것으로 또 다시 치료 기간을 벌고…… 이런 식으로 될 현실적 가능성이 전무하다는 것이 우리가 들은 이야기였다. 아닌 게 아니라 골수이형성증후군은 완화 자체가 있을 수 없다. 골수이형성증후군이나 급성골수성백혈병 환자가 살기 위해서 할 수 있는 일이란 단 하나, 완치를 시도하는 것, 말하자면 성체 줄기세포를 이식하는 것이다. 이는 사실상 치명적으로 전이된 혈관계를 파괴하고 새 혈관계를 그 자리에 넣는 것이다. 그러기 위해서는 우선 환자의 면역 체계를 문자 그대로 '파괴' 해야 한다. 다른 경우라면 어머니가 골수이형성증후군 판정을 받은 처음 몇 주 동안 자주 방문하던 의학 웹사이트의 문구를 인용할 수 있을 텐데, 거기에서는 치료는 오로지 "증세를 완화시키고 수혈 횟수를 감소시키고 삶의 질을 개선하는" 데만 초점을 맞춰야 한다고 말한다.

"삶의 뭐라고?" 어머니는 이 문장을 보고 바로 뒤에 나에게 전화를 걸어 읽어 주면서 믿을 수 없다는 듯 물었다. 그러고는 어머니가 우는 소리가 들려왔다. "아무 말이나 해봐……." 나는 열심히 생각했지만, 아무 말도 떠오르지 않았다. 사랑하는 이가 병에 걸리면 상황에 초연해지는 사람이 있는가 하면 내색하지 않거나 감정을 억누르던 사람이 표현을 많이 하기도 하고 성질 괴팍하던 사람이 쾌활해지기도 한다. 나는 그런 사람이 되지 못했다. 대신 아무 말도 하지 않았다. 슬픔으로 머릿속이 하얘졌을 따름이다.

다행히도 어머니 곁에는 내가 할 수 없는 것을 해 줄 수 있는 친구들이 있었다. 방식도 다양했다. '뉴에이지적인' 친구들은 너무나 정성스럽게 예쁜 돌멩이와 수정을 가져와 그 치유력을 이야기했다. 모성애 넘치는 친구들은 어머니에게 요리를 해 주었다. 불교적인 친구들은 어머니가 '보호받는 원' 안에 있다고 했는데, 어머니가 극복해 낼 것이라는 뜻이다. 쾌활한 친구들은 반짝이는 대화와 정성 어린 위로로 어머니의 공포를 눌러 버렸다. 정치적인 친구들은 정치 이야기로 어머니의 주의를 돌려놓았다. 기독교적인 친구들은 성상을 보내 주고 중보 기도를 올렸다는 편지를 썼다.

그러나 다양한 노력도 큰 도움은 되지 않았다. 어머니는 신앙심이 있는 사람이 아니었다. 어머니는 로마 가톨릭에 대해 오랜 세월, 오스카 와일드적인 감수성(오스카 와일드는 로마 가톨릭을 높이 평가하고 교황청과도 우호적 관계를 유지했으나 평생 비신도로 살다가 임종 때 개종했다. 옮긴이)을 유지했지만 그 이상은 아니었다. 유대인으로서 자신의 뿌리에 대해서는 좀처럼 관심이 없었다. 뉴에이지나 불교하고는 전혀 교류가 없었다. 어머니가 원하는 것은 어머니의 골수이형성증후군 상황에 대해서 1975년 전이 유방암 판정 때 이스라엘 박사가 해 준 이야기를 해 줄 사람이었다. 가망 없는 것은 아니라고, 해 볼 수 있다고. 그렇지만 어머니가 이 병에 대해서 읽는 것마다 해 볼 수 있는 것이 거의 없다는 이야기뿐이었다. 어머니는 적어도 가능성의 영역, 희망의 영역 안에 있고 싶어했다. 그렇지 못한 시간을 어머니는 견디기 힘들어했다.

A 박사를 만나고 돌아오면서 나는 어머니의 투병에서 나의 주된 역할이 어머니가 적어도 살 가능성이 있다고 안심시켜 드리는 것임을 깨달았다. 어머니가 생존 가능성을, 그것도 나한테서 듣고 싶어했다고 우쭐댄다거나 내가 그만큼 중요한 사람이었다고 주장할 마음은 없다. 넌 어떻게 생각하니? 내가 골수이식을 받을 만큼 건강할까? 지금 내가 생물학적 나이와 생활 나이와 다르다는 주장을 겁도 없이 받아들이는 것일까? 성체 줄기세포 이식 분야의 진보가 내가 받아도 될 만큼 현실성이 있을까? 이것이 어머니가 나에게 묻던 질문들이다. 내 견해가 무슨 과학적 가치가 있다고!

나는 최선을 다해서 대답했다. 이 말은 어머니가 듣고 싶어할 거라고 생각되는 이야기, 어머니에게 계속 싸워 나갈 힘을 줄 것이라고 생각되는 이야기를 해 드렸다는 뜻이다. 어머니가 듣고 싶은 것은 좋은 소식뿐, 다른 것은 듣고 싶어하지 않는다는 것이 너무나 명확했다. 물론 그럴듯한 대답이라도 어머니의 절망을 몰아내지 못할 때도 있었다. 나는 내가 한 행동이 맞는다고 생각한다. 그러나 서툴렀다. 나는 거의 본능적으로 마음을 닫아 버렸는데, 어머니의 감정은커녕 내 감정도 주체하기 힘들었고, 나 스스로도 믿어야 할지 말아야 할지 모르는 소리를 맨정신으로 하기 힘들어서 그랬던 것 같다. 그때는 이렇게 마음을 닫는 것이 어쩔 수 없는 선택으로 느껴졌다. 그러나 지금은 그게 잘한 것이었는지 아무리 생각해 봐도 모르겠다.

그렇다고 내가 어머니와 덩달아 히스테리를 부리거나 기분을 있는 대로 다 표현했으면 좋았겠다는 얘기는 결코 아니며, 어머니가 살 수 있을지 모르겠다고 말하는 게 옳았다는 얘기는 더더욱 아니다. 그저 어두운 기분을 떨쳐 버리기 위해서 나도 모르게 냉담하게 굴었던 것이라고 생각한다. 죽은 사람을 위해서 충분히 해 주지 못했다는 죄의식이 피할 수 없는 감정임을 이성적으로는 너무도 잘 안다. 그것이 부당하다고 보지도 않는다. 그러나 죄책감이란 무엇을 했건 하지 않았건 상관없이 찾아오는, 어쩔 수 없는 감정이기도 하다. 사랑하는 이가 죽은 뒤에 죄책감 없이 살기 위해서는 그 사람이 원하는 것을 그야말로 하나도 빠짐없이 다 들어줘야 할 것이다. 이 얘기는 곧 우리가 살면서 타인과의 관계에서 감정적 자이나교(어떠한 생명도 살상하지 않을 것을 윤리적 지침으로 삼는 종교. 옮긴이) 신도가 될 방도란 없으니 평생 그 죽음을 끼고 살아가야 한다는 뜻이 된다. 자이나교 신자가 아무리 작은 벌레라도 무심코 밟지 않기 위해서 땅 위를 샅샅이 훑으면서 걸어 다니기로 결심할 수 있을지는 몰라도, 우리가 무조건 타인의 뜻에 따르며 살아간다는 것은 불가능에 가까운 일이다. 그렇게 하자면 자신의 정체성 (달리 말하자면 우리가 타인과 관계를 맺을 수 있게 해 주는 바로 그 바탕) 같은 것은 포기해야 할 것이기 때문이다.

제롬 그루프만은 "인생은 과거를 돌아볼 때 비로소 이해할 수 있지만 사는 것은 미래 지향적이어야 한다"는 키에르케고르의 말을 좋아했다. 내가 어머니에게 (어느 쪽이냐가 크게 중요하겠는가만은, 하고 싶지 않아서였건 할 능력이 되지 않아서였건) 해 주지 못한 일에 대한 죄의식이 들 때마다 나는 이 말을 떠올린다. 도움이 될 때도 있고 아닐 때도 있다. 물론 아주 근본적으로는 이런 식으로 생각하는 것이 쓸모없을 뿐만 아니라 불합리하기까지 하다. 자기가 상대방보다 오래 살 것이라는 보장도 없는데 무슨 보험 설계사도 아니고, 자기 인생을 다른 사람의 뜻에 맞추어 살 수는 없는 노릇이다. 그렇지만 아무리 말도 안 되는 소리라고 해도, 아무리 어리석은 소리라고 해도, 그럴 수만 있었다면 얼마나 좋았을까, 생각하며 회한에 빠지는 사람이 나 한 사람만은 아닐 것이다. 어머니가 그렇게 자주 울었는데, 그때마다 나는 아무것도 하지 못했다.

나는 이것이 나 자신의 죽음에 대한 두려움 때문이었다고 생각하지 않는다. (물론 어느 정도는 영향이 있었을 테지만) 그보다는 적어도 나에게는, 어머니가 죽음과 싸우는 데 내가 함께 한다는 것이(내가 기꺼이 하기로 한 일이며, 당연한 노릇이겠지만, 나만이 아니라 어머니의 가까운 친구들도 하지 않으려는 것으로 보인 적은 없는데) 점차 남의 일처럼 여겨진 것이다. 당시에는 그것이 어떤 심리 기제의 작용이라고 생각했다. 나는 되도록이면 감정적으로 영향을 받고 싶지 않았던 것이다. 그런데 어머니가 감정적으로 흔들리지 않도록 용기를 주는 내가 정작 감정적인 도움을 받고 있다는 것을 알았다. 지금도 그것이 잘못이라고는 보지 않지만, 그래도 그때 그러지 않았으면 좋았을 거라는 생각이 든다. 그랬더라면 의심의 여지없이, 훨씬 더 많은 것을 할 수 있었을 것이다. 적어도 더 많은 것을 할 방법은 있었을 것이다. 이런 후회와 반성이 어머니와 나, 두 사람만 겪는 문제라고는 생각하지 않는다. 부모님을 잃은 다른 사람들과 이런 감정 문제를 이야기해 보면, 그 사람들이 나하고 성격이 아주 다른 사람이거나 그 부모님들이 어머니와 성격이 아무리 다른 사람이라 해도 대부분은 비슷한 후회를 표현한다. 그 사람들에게 정말로 그때 거짓말을 했어야 한다고 생각하느냐고는 묻지 않았다. 그러나 왠지 내가 거짓말을 하고 있는 것 같은 느낌을 떨쳐 버릴 수 없었다.

어머니는 스스로를, 진실을 향한 갈증이 그 어떤 것보다 우선이라 믿는 사람이라고 여겼다. 골수이형성증후군 판정을 받은 뒤에도 그 갈증은 남아 있었지만 이제 어머니가 간절히 원하는 것은 진실이 아니라 생명이었다. 어머니가 원하는 것을 주기 위해서 내가 최선을 다했기를 바라지만, 알 수 없는 일이다. 어머니는 내가 한 역할에 대해 나 스스로 만족해도 될 만큼 자신이 원하는 것을 분명히 했으며, 나에게 위로가 되는 것은 이것이다.

어머니에게는 어머니가 원하는 방식으로 죽을 권리가 있었다고.

6

어머니가 죽어 가는 모습을 지켜보는 몇 달 동안, 어머니에게 실제로 도움이 되려면 어떻게 행동하는 것이 좋을지 갈수록 막막했다. 물론 나의 칙칙한 성격도 크게 작용했을 것이다(무엇보다도 나의 서투름과 차가움이 컸겠지만). 내가 더 괜찮은 사람이었다면 적어도 내가 무엇을 해야 하는지는 더 영리하게 파악할 수 있었을 것이다. 그러나 나의 인간적 결함을 탓하는 것조차 허영이다. 문제의 핵심은 어머니의 병과, 조만간 분명하게 드러나듯이, 누적된 약물 부작용이 어머니의 육체적 존엄성과 정신적 예리함(요컨대 끔찍한 고통과, 새로 시작한 치료가 계속 살 수 있게 해 주기만을 바라는 간절한 희망을 제외한 모든 것)을 점점 앗아 갔다는 사실이다. 어머니가 그 육체적 고통(이런 어휘를 쓰는 것은 조금도 과장이 아니다)을 견딜 수 있었던 것은 오로지 이 희망 덕분이었다. 따라서 어머니에게 살 수 있다고 믿을 수 있도록 최선을 다해서 응원하는 것이 내 임무였다. 내가 어떤 식으로든 달리 행동할 수 있었다면 그것은 사실상 이렇게 말하는 것밖에 없었을 것이다. "어머니는 쓸데없이 고생하시는 거예요. 이식수술에 모든 걸 걸었지만, 결국 지신 거예요."

"상대가 받아들일 수 있는 것을 말하는 것이 의무이듯, 받아들일 수 없는 것을 말하지 않는 것도 의무"라는 유대 격언이 있다. 나는 어머니가 병과 싸우는 동안 단 한 번이라도 죽음이라는 말을 '듣지' 못했을 것이라고 믿는다. 어머니는 골수이식 수술을 받은 뒤 침대에만 누워 지내면서 근육이 쇠약해지고 흐물흐물하게 풀려 부축을 받지 않으면 몸도 뒤집지 못하고 전신에 종창이 생기고 물 한 모금 삼키지 못하고 때로는 말도 하지 못할 정도로 입속까지 다 헐어서도 퇴원하면 할 수 있는 일을 꿈꾸면서(조금이라도 말을 할 수 있을 때 우리에게 말했다) 다시금 삶의 고삐를 잡아 갔다. 어머니에게는 미래가 모든 것이었다. 사는 것이 모든 것이었다. 글로 돌아가는 것이 모든 것이었다. 약물의 부작용으로 정신이 흐릿했고(암 환자들이 말하는 '케모 브레인'(chemo brain, 화학요법이나 방사능 치료를 받았을 때 피로감, 집중력 및 기억력 감퇴 등 뇌기능에 장애가 일어나는 경우를 일컫는다.

옮긴이) 현상이다) 혼란스러워 하거나 생각이 어딘가 딴 데 가 있는 사람처럼 눈빛에 초점을 잃는 일이 잦았지만, 언젠가 여기서 해방될 날만을 손꼽아 헤아렸다. 어머니의 이런 의지를 상징적으로 보여 주는 일이 있는데, 워싱턴 대학 메디컬 센터에서 이식수술을 받은 뒤 어머니는 병실 맞은편 벽에 종이를 한 장 붙여 달라고 하더니 수술일로부터 지나간 날수를 표시했다. 이 숫자들은 새로 시작하는 인생의 첫 나날들이라고, 어머니는 말했다.

어머니는 항상 이제 맞이하게 될 새 출발을 강조했다. 이것은 어머니가 물러설 수 없는 지점이었다. 시애틀에서 불침번 서는 우리에게 어머니는 변화하고 싶다고 말했다. 의사와 조무사는 말할 것도 없고 잠깐씩 들르는 간호사들에게까지 끊임없이 말했다. 다 뒤집어 놓고 싶다고. 글에서는 달리 썼지만, 마침내 뉴욕의 집으로 돌아갈 수 있게 되자 어머니는 새로운 사람들을 만나고 즐겁지 않은데도 계속 하던 그 많은 일은 그만두고 정말로 하고 싶었던 많은 일을 하겠다고 말했다.

한번은 "가치 있는" 일을 해야 한다는 "걸스카우트적" 강박관념에 낭비한 시간을 생각하면 몹시 괴롭다는 이야기도 했다. 이제 이식수술로 인해 주어진 새 기회를 살려 자신한테 정말로 중요한 것을 하고 싶다고. 나도 같은 생각인가, 묻는 어머니의 눈빛이 내 얼굴을 뚫을 것만 같았다. 나도 같은 생각이라고, 답했다. 어머니와 A 박사를 만나고 온 날 밤 이후로 처음, 어머니가 집으로 돌아가고 몇 주가 지난 뒤 호텔로 돌아와서 나는 마침내 울음을 터뜨렸고, 마침내 슬퍼했다. 그러나 슬픔만큼이나 망연자실했다. 머릿속에는 이 생각이 계속 떠올랐다. "어머니는 정말로 지금 몸속에서 어떤 일이 벌어지고 있는지 몰라. 그런데도 아직도 살 거라고 믿으시다니……."

어머니가 병과 싸우는 동안 나는 의식적으로 기록을 남기지 않으려고 했다. 어떤 작가도 마음속에 반짝 떠오르는 것을 피해 갈 수 없을 텐데, 이것도 일종의 직업병일 것이다. 그러나 나는 그렇게 할 만큼 눈앞의 현실에서 나를 감정적으로 분리시키거나 보호해 줄 '작가적' 거리는 두고 싶지 않았다. 따라서 내가 기댈 수 있는 것은 기억뿐이며, 다분히 잘못된 곳이 많을 것이다. 라쇼몽 효과(기억의 주관성이 빚어내는 효과. 옮긴이)니 하는 그런 것 말이다. 돌이켜 보면 어머니의 죽음은 피할 수 없는 일이었다. 하지만 그때도 그렇게 느껴졌던가? 잘 모르겠다. 내가 아는 것은 어머니가 이식수술 받으러 시애틀에 갔을 때는 살 것이라고 믿었다는 것뿐이다. 워싱턴 대학병원에 있을 때 어머니는 아버지를 골수이형성증후군으로 잃은 파올로 딜로나르도에게 아버지가 살지 못한 것은 정말로 살기를 원하지 않았기 때문이며(이것은 사실이다. 딜로나르도의 아버지는 치료를 거부했다), 자신은 살기를 간절히 원하기 때문에 생존 가능성이 있다고 생각한다고 말했다.

마음 깊숙한 곳에서는, 어머니도 자신의 몸에 무슨 일이 벌어지고 있는지 몰랐다고 말하는 것이 쉬울 것이다. 그러나 그것도 잘은 모르겠다. 어머니의 생존 확률이 낮았다는 것은 맞다. 그러나 당시 나는 그저 어머니의 의사들보다 더 비관적일 권리가 나에게는 없다고 생각했던 것이 기억난다. 게다가 의사들은 어쨌거나 치료를 시작할 것이고, 아마도 그것이 헛되지 않으리라는 믿음이 있을 테니까 어머니가 희망을 품는 것도 잘못은 아니라는 생각이 들었다. 물론 모든 의사가 이렇게 생각하지 않는다는 것은 안다. 결국 어머니가 처음 만난 의사가 A 박사였고, 이 의사는 뭔가 해 볼 수 있다고 믿을 만한 근거를 전혀 주지 않았다. 그러나 슬로언-케터링의 스티븐 나이머와 제롬 그루프만은 어머니의 투쟁이 의미가 없다고 생각하는 것 같지 않았다. 설사 어머니가 그렇게 생각하고 싶어하더라도. 그런데 내가 뭐라고 내 두려움이 그 전문가들의 의견보다 더 중요하다고 우기겠는가?

어쨌거나 나는 내 감정의 기본 설정이 된 두려움을 구체적으로 입 밖에 내어 밝힌 적이 없었다. 아뇨, 이번에는 어머니가 병을 이겨 낼 것 같지 않아요, 라고. 내가 그렇게 하지 않은 것이 마음속 어디선가는 어머니가 해낼 것이라고 믿었기 때문이라고 말할 수 있다면 좋겠다. 어머니의 많은 친구들은 그랬다(어머니가 돌아가신 뒤 어머니의 오랜 친구들에게 많은 애도의 편지를 받았는데, 그들은 어머니가 죽었다니 믿을 수가 없다고, 재차 강조했다). 그러나 나는 어떤 감정이든 느끼는 것이 두려웠던 것이 사실이며, 특히 어머니가 나에게 원하는 것(어머니가 다시 한 번 주어진 확률을 이겨 내고 병에서 회복할 것이라고 믿어 주는 것)을 뼈저리게 알고 있기에 더 두려웠다. 그러려면 생각을 하지 말아야 했다. 그러나 머잖아 이 '생각하지 않는 것' 만으로는 충분치 않다는 것을 깨달았다. 믿으려고 한다면, 어머니의 죽음에 맞선 항전에서 내 역할을 하려고 한다면, 나에게는 본보기가 필요했다.

처음에는 어찌할 바를 몰라 너무나 오랫동안 멍하니 있다가 결국 어머니에게 도움이 되기 위해서 뭘 해야 하는지 의사 선생님들에게 지침을 구했다. 의사들에게는 적어도 얼마 동안 어머니를 절망에서 일으켜 세울 권위와 기술이 있으나, 나에게는 그럴 능력이 없다는 것이 일차적인 이유였다. 좀 더 깊이 들어가 보면 의사들이 줄 수 있는 희망은 단순히 어머니나 어머니를 사랑하는 사람들의 간절한 소망이 아닌, 어떤 객관성을 바탕으로 한 것이다. 나는 여기서 과학을 이상화하려는 것은 아니다. 의사들도 어머니의 생존을 도우면서 감정의 동요를 겪었다는 것을 너무도 잘 알며, 내 추측이기는 하지만, 거기에는 의사 자신의 자존심 문제도 개입했을 것이다. 의사한테든 환자한테든 마땅한 치료법이 없는 병을 치유하는, 이른바 영웅적 의료 행위는 희망이 경험을 이긴다는 사실을 보여 준다는 것을 모르는 것도 아니다. 내가 어머니에게 치료를 받으라고 밀어붙인 사람이라면 지금 나는 다른 종류의 죄책감에 시달리고 있을 것이다. 살아남은 자는 어쨌거나 죄책감을 갖는 법이니. 그랬다면 어머니의 투병에 내가 충분히 힘이 되지 못했다는 후회 대신 나는, 어머니가 원치 않는다면 그렇게 해 드렸어야지 어째서 억지로 치료를 받게 만들었느냐고 자책하고 있을 것이다. 그러나 내 잘못은 어머니의 결정에 대해 이러지도 저러지도 못하여 입을 다물어 버린 것이다.

어머니의 의사들이 개입한 지점이 바로 거기다. 내가 찾던 말을 그들이 갖고 있었다. 의사들을 주의 깊게 관찰하면 나도 의사처럼 말하는 법을 배울 수도 있겠다고 생각한 기억이 난다. 나는 스포츠에는 별로 흥미가 없지만, 이때 야구의 지명타자라는 은유가 떠올랐다. 어머니가 어두컴컴한 절망의 우물에 빠져 있을 때면 나나 어머니 친구들이 스티븐 나이머를 긴급히 만나거나 제롬 그루프만에게 전화를 걸어 어머니를 구해 낼 마법이나 진배없는 말을 들을 때까지만이라도 내가 어떻게든 수사적 지명타자 노릇을 해 보고 싶었다.

의사들은 어떻게 그런 일을 해내는지 나는 도저히 알 수 없었다. 첫 상담부터 어머니가 세상을 떠나던 날 아침까지지도. 그날 스티븐 나이머는 어머니 침대 옆에 서서 침통한 얼굴로 어머니를 지켜보았다. 어머니의 손을 붙잡고 어머니가 마지막 숨을 들이쉴 때, 그리고 숨이 끊어질 때까지 자리를 지켰다. 의사들이 어머니에게 하는 말이 어머니를 진정시키고 때로는 용기까지 주는 것이 얼토당토않게 느껴지기도 했는데, 왜냐하면 어머니에게 치료 가능성이 높다고 말해 준 사람이라곤 없었기 때문이다. 오히려 스티븐 나이머는 마구 조르면 어머니의 상태가 얼마나 나쁜지 아주 솔직하게 말해 주었다. 그래도 어머니의 생존 가능성에 대해 개인적으로는 어떻게 생각하는지를 (어머니가 몇 번이나 시도했고, 나에게도 물어봐 달라고 여러 번 시키기는 했지만) 밝힌 적은 한 번도 없었다. 대신 그는 질문을 고쳐서 되물어 주었고 그러면 (내가 그렇게 느낀 것일수도 있지만) 희망이 돌아오곤 했다. 어머니는 그때마다 숨을 깊이 들이마시고 머리카락 날리도록 고개를 세차게 젓고는 다음 단계에 뭘 하기를 바라는가를 물었다. 거기서 새로운 논의가 시작되었고, 그러면서 어머니는 겉으로도 보일 만큼 침착함을 되찾았다.

물론 두 사람이 그렇게 서로 힘을 주고받을 수 있었던 것은, 어머니가 끝까지 고집을 부려 스티븐 나이머에게 당신이 살 수 있느냐 없느냐만 줄기차게 물음으로써 말로든 침묵으로든 대답을 강요하지 않았던 덕분이다. 어머니는 그런 행동을 한 적이 없었고, 나한테도 나이머에게 시킨 대로 물어봤느냐고, 뭐라고 대답하더냐고 묻지 않았다.

어머니는 **당연히** 그 답을 알고 싶어하지 않았다. 어머니는 **당연히** 그 답이 어머니를 감정적으로 곤두박질치게 만들 것이고, 그래서 어머니가 거기서 돌아오지 못하리라는 것을 너무나도 잘 알았다. 그러나 스티븐 나이머와 어머니의 대화가 흘러가는 궤적을 조정한 것은 어머니의 공포나 심리적 방어기제 본능만이 아니었다. 나는 이 결과를 결정한 것은 나이머였다는 느낌을 받았다. 인격적인 힘이었는지, 오랜 경험이었는지, 아니면 예리한 심리학이었는지, 아니면 이 모든 것이 결합된 것이었는지, 어쨌거나 스티븐 나이머는 그 질문을 어느 정도 이상으로는 '물을 수 없는' 것으로 만들어 놓았다.

의사들 중에는 스티븐 나이머처럼 훌륭한 임상 과학자들을 깊이 존경하면서도 이 방법을 비판적으로 보는 사람들이 있다. 어머니가 돌아가신 뒤, 뉴욕의 마운트 사이나이 병원

의사이며 말기 환자 간병 개선 운동의 선구자인 다이앤 마이어Diane Meier는 아주 다른 견해를 내놓았다. "너무 어렵습니다." 마이어는 말했다. "의사로서 말이죠, '그건 확률이죠. 나는 아니에요. 나는 싸울 겁니다. 나는 천 분의 일이라는 가능성만 있으면 되는데, 당신이 뭔데 그럴 가치가 없다고 그러는 겁니까?' 이렇게 말하는 환자에게 수치, 확률을 들이대면서 데카르트적 관점을 강요하고 싶지는 않죠. 결국 누구 인생입니까? 결과는 어떠하냐면, 그런 생각을 하다가 의사인 우리가 자기도 모르게, 살기를 바라는 환자와 가족들하고 같은 망상에 빠져 버립니다. 환자를 인간으로 존중하고 그 사람들의 살 권리를 존중하는 거예요. 그러면서 머릿속 한구석에서는 실질적으로 이게 도움이 될 가능성은 없다, 해만 끼치고 부작용만 생길 것이다, 공공 자금만 축낸다, 이런 생각이 드는데, 아주 사람 지치게 만드는 인지 부조화죠."

마이어의 말투는 비판적이라기보다는 절망적이었다. "그런 부정, 그런 생각이 계속 깜박이지요. 그래요, 우린 그 환자가 죽을 것을 알면서 희망이 있는 것처럼 굴 거고, 그래도 그게 환자가 원하는 거라고 믿기 때문에 이 의례를 거치는 거예요. 그동안 환자는 치료해 주는 의사를 유심히 관찰하면서 분명히 생각하겠죠. 의사가 이게 효과가 없을 거라고 생각하면 해 주지 않을 거야……. 하지만 의사는 확률은 미미하다, 그런데 지금 이걸 하는 건 환자가 원해서다…… 이런 말은 해주지 않아요. 미뉴에트 같은 거예요. 초현실적이죠."

확실히 초현실적이다. 그러나 대안은 있는가? 스티븐 나이머는 이 문제를 상당히 다르게 본다. 나이머가 자기 능력에 무슨 환상을 갖고 있는 것은 아니다. 그의 말대로 "얼간이가 아닌 한, 내가 하는 모든 것이 효과를 볼 것이라고 생각하지는 않죠. 내 말은, 내가 지난 20년 동안 어디 있었습니까? 나는 실패를 두려워하지 않아요. 내가 모든 사람을 다 구하지 못한다는 거야 물론 나도 알죠."

그러나 나이머에게 의사 본연의 임무는 환자에게 가능한 모든 것을 해 주는 것이다. 설사 그것이 성공 확률이 높지 않은 실험적 치료법이 될지라도. 그리고 바로 이것이 어머니의 이식수술이 실패하고 시애틀에서 슬로언-케터링으로 돌아왔을 때 그가 한 일이었다. 어머니는 여전히 싸우고자 했으며 어머니에게 남은 것은, 어머니가 정신적으로 흔들리지 않고 버틸 수 있게 해 줄 것은, 그것뿐이었다. 나이머도 싸울 각오가 되어 있었고, 자네스트라Zarnestra라고 하는 개발용 약을 추천했다. 그는 환상은 품지 않았다. 나중에 그는 이렇게 말했다. "수전에게 효과가 있을 것이라는, 가능한 시나리오가 있었죠. 하지만 물론 효과가 나타나지 않을 것이라는 시나리오도 있었어요. 중요한 것은 수전이 계속 싸우고 싶어했다는 것이고, 좋아질 방법이 있다고 믿는다는 거였어요. 그렇게 믿지 않았다면, '방법은 없다' 고 생각했다면, 수전에게 자네스트라를 주지 않았을 겁니다."

스티븐 나이머에게 미뉴에트 같은 것은 없었다. 그의 방식은 시종일관 변함없었다. 어머니의 첫 상담이 끝나고 방을 나설 때 그는 말했다. "내가 할 수 있는 것을 할 겁니다." 어머니가 돌아가신 뒤 지난 일에 대해 글로 쓰려고 하면서 처음으로 스티븐 나이머에게 그 첫 상담 기간 동안 한 일에 대해 어떻게 생각하는지 물었다. "어머니에게 확실한 사실만을 말했지만 그러면서도 어머니의 기분을 편하게 만드셨죠"가 실제로 내가 나이머에게 했던 말이다. 그러고 나서 그가 취한 방식이며 그 효과가 언제나 나에게는 불가사의하게 느껴졌다고 털어놓았다.

나이머는 늘 그렇듯이 가감 없이 말했다. "말하는 방법에는 여러 가지가 있죠." 나이머는 말했다. "수전은 초반에 '곤두박질' 치고 있다는 얘기를 여러 번 했어요. 그 말이 정확히 무슨 뜻인지는 알 수 없었지만, 상황이 걷잡을 수 없이 돌아간다고, 그 흐름을 바꿔 건강이 더 이상 망가지는 것을 막을 방법이 없다고 느낀다는 뜻으로 받아들였어요. 그래서 수치를 인용하기보다는 현실적으로 가능한 방안에 집중하는 게 낫겠다고 느꼈어요. 온갖 수치를 제시해 봐야 무슨 소용이고,

수전에게 무슨 도움이 되겠나 생각했지요. 내가 무슨 말을 하건 수치는 달라지지 않을 거고요. 수전은 '가망 없는' 것이 아니라는 것을 알고 싶어했어요. 어쨌거나 누군가한테 백혈병에 걸렸다고 말할 때면 굳이 그것이 치명적인 병이라고 강조할 필요가 없다고 느껴 왔어요. 수전은 알았죠. 환자들은 다 알아요. 하지만 수전의 경우에는, 다른 환자들한테도 항상 그렇지만, 죽기 전까지는 사람들이 어떤 희망, 어떤 의미를 부여받고 싶어하고, 가능하다면 조금이라도 나아질 가능성은 있다는 느낌을 갖고 싶어한다고 생각해요."

어머니를 그런 방향으로 유도했는지 물었다. 스티븐 나이머는 직접 대답하지 않았다. "수전은 죽음은 고려하지도 않았어요." 나이머는 말했다. "치료법을 찾는 문제라면, 수전을 처음 만났을 때부터 알아봤어요. 해 보기 전에는 죽지 않을 사람이라는 것을. 상황을 통제할 힘을 잃었다는 느낌을 갖고 있었고, 그 통제력을 되찾고 싶어한다는 느낌도 있었어요. 그리고 내 생각에는 수전이 해 볼 수 있는 것이 있었어요. 이식 수술이 통할 가능성이 있었죠. 내가 다르게 생각했더라면 그런 방법을 추천하지 않았을 겁니다. 하지만 내가 수전에게 가능성이 있다고 말했을 때는, 정말 가능성이 있어서 그렇게 말한 거예요. 가능성이 있고, 환자가 해 보고 싶어하면, 그 방법을 추진하는 것이 의사의 의무라고 생각합니다. 수전이 치유

될 가능성이 있다는 말만 듣고 싶어한 것은 아니었어요. 치유 가능성은 분명 있었어요. 말이죠, 가능성이 있는 줄기세포 이식 수술 후보 환자를 만나서 내가 평가했을 때 성공 확률이 없다고 나오면 나는 내 소견을 명확히 밝히고 거기에 감정적으로 너무 얽매이지 않으려 합니다. 하지만 수전과는 달랐어요. 수전에게 마음이 많이 갔죠. 그 사람이 가진 힘에 이끌렸어요. 이상하게 오히려 쉬울 정도였죠."

> "수전은 처음부터 그렇게 말했어요. 조금이라도 가망이 있다면 살기 위해 할 수 있는 모든 것을 해 주었으면 좋겠다고요. 그래서 우린 수전이 무엇을 원하는지, 어떤 계획이 가능한지 곧장 의논에 들어갈 수 있었어요."

그것이 쉬웠을 거라고는 단 한순간도 생각해 본 적이 없다. 그러나 그건 중요하지 않다. 스티븐 나이머는 어머니를 살리지 못했지만, 남은 시간 내내 어머니를 정신적으로 지켜 주었다. 나이머가 골수이식 수술에는 최고의 병원이라고 한 시애틀의 프레드 허친슨 암 연구 센터에 갈 무렵에는, 어머니도 가능성이 있다고 믿게 되었다. 아니, 오히려 그 믿음이 어찌나 강했던지, 허치[허친슨의 약칭]에서 하루 종일 입원 수속을 밟고 있는데 임상 연구 소장 프레드 아펠바움Fred Appelbaum이 들러 일차 상담 때 알려 주었던 형편없는 생존 확률을 상기시켜 주자, 어머니는 충격에 무너질 것 같았다. 그날 저녁,

아직도 충격에서 헤어나지 못한 어머니는 계속해서 말했다. "왜 그 말을 했을까?" 나중에 아펠바움이 말하기를 그날 찾아왔던 목적은 '어머니에게 형편없는 생존 확률을 상기' 시키기 위해서가 아니라 현실을 똑바로 알고서 수술을 받게 하자는 것이었다고 했다. 하지만 당시에는 그 사람이 왜 그런 말을 했는지, 나로서도 알 수가 없었다. 그러나 나는 어머니의 정신 상태가 너무나 걱정된 나머지 아펠바움이 한 말의 혹독함(말하자면, 현실)을 완화시켜 주길 바라며 둘러댈 만한 사유가 없을까 궁리했다. 시애틀에서 맞이한 첫날은 나름대로 순조롭게 흘러갈 수 있었을 텐데 그렇게 아펠바움의 말에 휘둘리고 말았다. 어머니는 그 말을 어머니가 살지 못할 것이라는 뜻으로 받아들인 것이다. 이튿날도 별로 나을 건 없었다. 그런데 순전히 요행으로 어디선가 허치가 소송에 걸렸다는 기사를 읽은 기억이 떠올랐다. 이식수술에서 살지 못한 몇몇 환자의 친지들이 생존 확률이 실제로 얼마나 낮은지 제대로 알려 주지 않았다는 이유로 이 병원을 고소한 것이다. 나는 아무 근거도 없으면서 아펠바움이 그런 말을 했을 유일한 이유는 병원 변호사들이 허치로 이식수술 하러 오는 환자들에게 자기네들이 어떤 위험을 감수하는지 반드시 알려 주라고 요구했기 때문일 것이라고 장담했다.

내가 어머니를 납득시켰다고 하면 어머니의 반응을 너무

부풀리는 것이 될 것이다. 말할 것도 없이 내 설명은 지어낸 것이지만, 자꾸만 살아나는 어머니의 공포만큼은 붙잡아 두기는 했다. 곤두박질이 멈춘 것이다. 어머니는 해낼 수 있다고 다시금 믿었다. 아닌 게 아니라, 몇 달 뒤 허치의 의사들에게 이식수술이 확실히 실패했고 백혈병이 돌아왔다는 소식을 들을 때까지 어머니는 아펠바움의 말을 떠올릴 때 말고는 생존 가능성을 의심하지 않았다. 그럴 때면 나는 또 잽싸게 병원이 변호사들로 첩첩이 무장했다(어머니는 '첩첩이 무장했다'는 말을 재미있어했는데, 어머니가 입원한 직후에 병원 대기실에서 읽었던 존 그리샴 소설에서 가져온 표현이다)는 기사를 이야기했다. 그러면 어머니는 내 말에 의문을 제기했지만(어떻게 그러지 않을 수 있었겠는가?) 그러다가도 어느새 그만두는 듯했다. "우리는 살기 위해 스스로에게 거짓말을 한다"는 조안 디디온의 말이 다시금 위력을 발휘한 것이다. 이번 경우에는, 우리가 계속해서 살 수 있다고 믿기 위해서가 되겠지만.

7

어떻든 간에 나에게는 이야기를 지어 둘러대는 것 말고 할 수 있는 일이 없었다. 나에게 어머니의 생존 확률에 관한 의견을 밝힐 권리가 있었던 것도 아니다. 나는 스티븐 나이머나 제롬 그루프만이나 프레드 아펠바움이 한 말을 옮길 뿐이었다. 그러면서 약간씩 틀린 것도 있겠지만. 이야기를 조금 꾸몄을 수도 있고, 혹은 프레드가 어머니에게 경고했을 때 그랬던 것처럼 충격을 연착륙시키려고 했을 수도 있다. 저 죽음의 바다에서 어머니와 어머니의 의사들과 보조를 맞춰 가며 헤엄칠 수는 있었지만, 그들은 그 싸움이 어디로 가는지 알았고 나는 알지 못했다. 어린 시절부터 자기 입장을 세우고 그 입장을 견지하는 습관을 들인(아니, '잘못 들인' 이라고 해야 할까?),

삐딱한 성장기의 영향이 나한테서 사라진 것은 아니었다. 그것은 과연, 받아 마땅하며 오히려 뒤늦게 도착한 벌이었다. 그러나 그 문제에 천착해 봤자 나에게 도덕적인 교훈이 될지는 몰라도 어머니에게는 아무 쓸모도 없는 노릇이었다. 그렇기는커녕 나에게 그럴 만한 지적 능력이 있든 없든 어머니가 나에게 원하는 것은 무엇보다도 처음 판정을 받았을 때부터 치료받는 과정과 죽음의 순간까지 다른 모든 이에게 바란 것과 똑같은 것이었다. 사람마다 표현은 다를지 몰라도, 용기를 주고 마음을 든든하게 해 주는 그 주문을 외고 또 외어 달라는 것. "털고 일어나실 겁니다." "이식수술은 성공할 겁니다." "절망적이지 않습니다."

의사들이 환자들에게 진단 내용에 대해서, 그리고 때로는 그 병의 실제 성격에 대해서도 거짓말하는 것이 관례이던 시절, 인터넷이 없어서 환자나 그 가족이 나쁜 소식에 대해 스스로 알아낼 수 없던 시절이 어떤 면에서는 더 쉬웠을 것이다. 너무나 근심한 친지들과 그야말로 죽음을 견딜 수 없는 사람들이 그런 거짓말에 몰래 결탁하는 경우가 종종 있었고, 그렇게 하면서 죽어 가는 사람에게 평온을 선사했다. 그것이 시몬느 드 보부아르Simone de Beauvoir 자매가 죽어 가는 어머니를 위해 (또는 어머니에게) 한 일이었다('위해서' 였을지 '에게' 였을지 나로서는 잘 모르겠지만). 보부아르가 회고록 『아주 편안한 죽음*Une mort très douce*』에서 너무나 감동적으로 술회하듯이, 의사와 가족들에게서 암이 아니라 복막염이라는 말을 들은 보부아르의 어머니는, 딸의 말을 그대로 옮기자면, "거기 그 자리에서, 맑은 정신으로, 그리고 자신이 무엇을 겪고 있는지 전혀 알지 못하고 (…) 두 귀는 우리의 거짓말로 채워진 채로, 잠들고, 꿈꾸고, 썩어 가는 육신으로부터 무한히 멀어져 갔다."

어머니에게 이렇게 한다는 것은 생각해 볼 수도 없는 문제였다. 암은 어머니의 오랜 반려였다. 어머니는 베테랑이었으며, 너무 많이 알았다. 더 중요한 것은 어머니가 정보를 얻는 활동에 마치 독실한 신앙인처럼 성실했다는 사실이다. 어머니의 뿌리 깊은 자기 확신(자기가 있는 그대로의 사실을 받아들이고 이해하며 직면할 수 있는 사람이라는 믿음)은 거기서 나왔다. 어머니 스스로도 자주 말했듯이 이러한 자기 인식은 어머니가 작가로 사는 데 도움이 되었으며, 어머니는 이 인식이 두 번의 암을 이겨 내는 데도 도움이 되었다고 믿었다. 어머니는 자신의 지적인 강점을 활용함(즉 병과 활용 가능한 치료법에 대해 알아낼 수 있는 모든 것을 부단히 배워 나감)으로써 암에 대처했다고 스스로 생각했다. 유별나다고 할 수도 있지만, 어머니에게 정보는 희망과 동의어였다. 많이 알수록 죽음을 다시 한 번 속일 수 있는 기회도 많아질 것이라고.

그러나 현실 부인은 선택 대상이 아니었다. 그러나 이번에는 정보가 어머니를 지탱해 주기는커녕 잠식하는 것 같았으며, 그 상황을 꾸밈없이 바라본다는 것은 텅 빈 구멍의 입구만 하염없이 응시한다는 뜻이었을 것이다. 물론 어떤 면에서는 어머니도 그렇다는 것을 알았다. 그래서 현실에서 고개 돌리면서도 고개를 돌렸다고 느끼지 않을 방법을 찾는 것이 그렇게 중요했던 것이다. 물론 어머니는 알았다. 그래서 판정이 나온 처음 몇 주 동안, 이번에는 너무 끔찍하다고, 확률이 너무 불리하다고 수없이 되풀이하여 말한 것이다. 스티븐 나이머가 짚어 냈듯이, 어머니 같은 성격이 아니었다면 결국에는 현실을 받아들지 않았거나 적어도 체념했을 것이다. 그러나 어머니는 그렇게 생긴 사람이 아니었다. 현대 문화는 자조自助며 자기 변혁의 힘을 절대적으로 믿게끔 만들지만, 사람은 그렇게 쉽게 바뀌지 않는다. 나중에 안 일이지만, 시애틀 병원의 몇 의사는 어머니가 영적으로든 가족으로부터든 어떤 위안도 받으려 들지 않는다는 사실에 놀라고 적잖이 당황했다고 한다. 그러나 어머니를 조금이라도 깊이 아는 사람이라면 본질적인 그 어떤 것과도 절충하지 않았던 어머니가 자신의 죽음과도 절충하지 않으리라는 사실에, 그 죽음은 어떤 편안한 죽음과도 정반대의 형태가 되리라는 사실에, 놀라지 않았다.

어머니는 골수이형성증후군이 어떤 병인지 알고 난 뒤에도 살 수 있다고 생각할 만한 합리적 근거를 찾으려는 노력을 그만두지 않았다. 어머니가 그 같은 노력을 사실상 포기한 것은 시애틀에서 이식수술이 실패로 끝나고 슬로언-케터링 병원으로 돌아온 생애 마지막 몇 주뿐이었다. 그것은 불가능한 줄타기였다. 진실과 실제에 입각한 사실이 무엇보다도 우선한다는 믿음을 지키면서도 동시에 이들 사실이 의미하는 바를 부인할 방법을 찾는 셈이었기 때문이다.

그 결과, 어머니와 예후를 논하는 대화는 변호사 업무와 비슷하게 되어 버렸다. 나는 아주 불리한 고객을 위해 변론을 준비하는 변호사처럼, 사소한 사항을 물고 늘어지거나 아주 미미한 가능성을 의료 규범이라도 되듯 강조하곤 했다. 어쩌면 정치가 흉내였다고 하는 것이 더 적절한 비유일지도 모르겠다. 2004년 봄과 여름은 부시 행정부가 사담 후세인과 전쟁할 그럴싸한 명분을 찾기 위해서 정보를 '입맛대로 골라잡아' 사용했다는 사실이 널리 알려진 시기였다. 수치는 좋지 않지만 사실은 어머니가 골수이형성증후군을 이기고 생존할 확률이 괜찮은 편이라고 납득시키느라 어머니의 아파트에서 장시간에 걸쳐 떠든 뒤 집으로 돌아와서 멍하니 저녁 뉴스를 바라보던 일이 기억난다. 뉴스에서는 거듭 '입맛대로 골라잡아' 라는 표현이 나왔다. 저게 바로 내가 하는 짓이지, 나는 생각했다. 그 점은 두말할 필요도 없었다. 그건 괜찮았다. 정말로 두려운 것은 그것을 내가 아주 그럴듯하게 해내지 못한다는 것, 나의 낙관주의자 행세가 너무 빤해서 어머니에게 그다지 도움이 되지 못한다는 것이었다.

그러나 내가 그런 임무를 실제로 해낼 준비가 되었든 아니든, 이것이 어머니가 나에게 바란 역할이라는 것은 티끌만치도 의심해 보지 않았다. 어머니가 죽음에 대한 이야기를 나누는 사람들이 있기는 했지만, 나는 아니었다. 어머니가 나에게 원한 것은 어머니가 살지 못할 수도 있다는 일말의 가능성조차도 흔들림 없이 거부해 주는 것이었다. 나는 날마다 새로운 방식으로 이 역할을 해냈다. 어머니는 힘 하나 들이지 않은 것처럼 평정을 찾아 준 스티븐 나이머와 처음 만난 후로, 시애틀로 이동하고 그 무시무시한 준비 기간(기본적으로는 백혈병이 침범한 면역 체계를 막대한 방사능으로 파괴하는 과정)과 이식 수술, 그리고 그 뒤로 석 달 동안 병에 또 병, 감염에 또 감염으로 고통 받는 과정을 거치는 동안에도 줄곧 살 거라고 믿고 싶어했으며, 내 생각에는 실제로 믿었던 것 같다. 그러면서 어머니는 곁에 있는 우리가 계속해서 괜찮을 거라고 말해 주기를 기대했을 뿐만 아니라 왜 그렇게 될 것인지 근거도 제시해 주기를 바랐다. 어머니는 나나 그 누구도 어떤 의견을 표명할 권한이 없으며, 오히려 우리가 사실에 입각한 견해라고 하는 말이 그야말로 아무 값어치가 없다는 것을 생각하지 못하는 듯했다.

어머니와 이야기할 때는 어머니에게 확신을 심어 주기 위해서 구체적인 근거까지 제시해 가며 나도 확신하는 척하는(적어도 그 순간만큼이라도 나 스스로 믿지 못했다면 효과를 볼 수 없었을) 내 모습과 의사들과 이야기할 때면 멍청이처럼 느껴지는 내 모습이 얼마나 다른지, 그 상황이 아니었다면 꽤나 우스꽝스러웠을 것이다. 아침이면 어머니의 병실을 방문하여, 어머니의 온몸이 상처투성이에 요실금도 있고 절반은 정신이 나간 상태라 하더라도, 전날하고 비교하면 얼마나 좋아 보이는지(또는 좋아 보이는 것 같은지, 좋은 것 같은지)를 목청 높여 쾌활하고 장황하게 말한다. 오후가 되면 어떤 웹사이트에서 희망적으로 보이는 새로운 골수이형성증후군 치료법에 관해서 읽었는데 그것이 어머니의 경우에 도움이 될지 어떨지 담당 의사한테 이메일로 묻는다. 그러면 오래 걸리지 않아서 블랙베리(이메일, 문자, 팩스 등 문서 송수신 기능이 강화된 무선전화기. 옮긴이)로 친절한 답변이 온다. 의사들의 인내심이 나에게는 과분한 것이었으리라. 메시지는 언제나 "읽으신 내용은 사실상 어머님의 경우에는 적용되지 않습니다"나 "읽은 것을 잘못 이해하신 겁니다"나 "언론에서 읽으신 것은 과장이고, 거기서 설명하는 결과는 사실상 전송해 주신 자료만큼 희망적이라고 하기 어렵습니다" 중 하나였다.

그리고 구체적 근거 자료를 기대하는 어머니에게 내가 제시할 수 있는 것이라고는 거의 전부가 이 과장된 이야기들뿐이었다. 그런 이야기들이 비비시에서 에이피 통신, 로이터에 이르기까지 실질적으로 모든 뉴스 사이트에 올라왔다(물론 여전히 올라온다)는 것이 어쩌면 그나마 다행이었다. 그 덕분에 어머니가 나에게 기대하는 것을 할 수 있었다고 해야 할 것이다. 그러나 솔직히 말하자면 어머니가 임상 과학자들의 지식을 그토록 존중하면서도, 가령 어머니의 생존 확률에 대한 내 생각에 의미를 부여한다거나 그런 이야기들이 희망적인 사례라고 믿을 수 있었는지 나로서는 이해하지 못한다. 내가 아는 것은, 어머니는 희망을 갈구한 나머지 내가 (또는 어떤 다른 사람이) 사랑의 마음을 표현하는 것만으로는 결코 만족하지 않았다는 점이다. 어머니에게 닥친 그 모든 불운 가운데 적어도 이것만은 행운이었다. 유전적 제비뽑기가 어머니에게 치명적인 암 발병 소인을 주었으나, 적어도 사람들이 어머니를 사랑하는 것은 당연하며 그런 사람들이라면 당연히 어머니에게 헌신도 할 것이라고 생각할 수 있는 행운을 얻은 것이다. 어머니가 이 두 측면이 모든 사람에게 공존하는 것은 아니라는 것을 생각이나 해 보았을까 모르겠다.

사랑이 불변성이었다면 생존 가능성은 휘발성이었다. 가

망 없는 상황은 아니라는 주장을 과학적 사실에 근거해서 제기해야만 비로소, 희망을 버리지 않을 이유가 있다고 어머니가 부분적으로나마 받아들일 수 있었던 것은 어쩌면 그 때문이었을 것이다. 그렇지 않은 한, 넘치는 사랑은 어머니에게 별 도움이 되지 않았을 뿐만 아니라 비생산적(절망의 입구, 죽음의 입구일 뿐)이었다. 어머니는 객관성을 갈구했다. 안타까운 것은 어머니가 객관적이 될 만큼 지식을 갖추지 못한 나나 다른 사람들에게 이 객관성을 요구했다는 점이다. 우리가 가진 것은 결국에는, 감정뿐이었다. 그리고 그것으로는 충분하지 않았다.

예를 들면 뉴에이지나 다른 신비주의 성향의 친구들이 여럿 몰려 오거나 이메일이나 편지로 어머니에게 "나으실 거라고 생각해요" 하면 어머니는 분개했고, 소리를 지를 때도 있었다. "그걸 무슨 수로 알 수 있단 말이야?" 그런 위로는 물론 좋은 뜻에서 한 말이라는 것은 어머니도 알지만, 위안이 되기는커녕 화나게 만들 뿐만 아니라 실제로 죽음이 돌진해 온다는 느낌만 더 깊게 만들었다. 그럴 때면 어머니는 골수이형성증후군에서 살아남은 사람이 얼마나 소수인지, 어머니가 그런 사람이 될 확률이 얼마나 낮은지 다소 학자연하는 말투로 설명하다가는 이내 공포에 빠져들곤 했다. "수치를 봐." 어머니는 말했다. "수치를 보라고."

수정공이 행운을 가져다줄 것이라고 말했던 그 불운한 친구는 "아직도 모르겠어? 행운은 이것하고는 아무 상관도 없어!" 하는 고함과 함께 타박만 당했다. 어머니는 그러더니 의학 잡지와 미국국립암연구소 웹페이지에서 찾은 논문 출력물을 샅샅이 뒤져 어머니가 이 병에서 살아남기 힘들다는 사실을, 어머니 표현을 빌리자면, "정신이 제대로 박힌 사람이라면 믿을 수밖에 없을" 근거 목록을 무감각하게 인용했다. "이건 내 병의 세포유전학 문제라고." 끝내 이렇게 말한 어머니는 낯빛이 창백해지고 숨도 제대로 쉬지 못했다. "끔찍하지!"

그럴 때면 어머니 곁의 누구도 뭐라고 할 말을 찾지 못하는 듯했다. 그중에서도 내가 최악이었다. 지금 와서 생각해 보면 세상에 병실의 침묵보다 더 무서운 침묵이 있을까 모르겠다. 암 병동에 흐르는, 그 공포에 사로잡힌 침묵은 적어도 현실이 곧 재앙이라는 직관에서 비롯된 것이다. 물론 그것은 미약함을 한탄하는, 아무것도 변화시킬 수 없다는 무력감을 한탄하는, 인간적 소망의 덧없음을 한탄하는 침묵이기도 하다. 희망을 품어 보지만 그런 희망을 뒷받침해 줄 경험적 근거가 없다는 것을 아는 것이다. 말은 떠올라도 입을 열면 나오지가 않는다. 머릿속에서 외치는 소리가 들려온다. "아무 말이나 해 봐, 뭔가 해 보란 말이야!" 그러나 할 수 있는 일이라곤 없다.

그뿐인가. 적어도 안심할 근거가 없는데도 안심을 기대하는 사람한테 해 볼 수 있는 말이라곤 하나같이 그 상황하고는 아무 상관도 없거나 허황된 동화(유모가 아이 달랠 때 해 주는 옛날 이야기)가 되고 만다. 요컨대 약간 세련된 형태로 "괜찮아, 괜찮아, 다 좋아질 거야"를 읊어 대는 셈이다. 그러나 그건 거짓말이다. 우리도 너무나 잘 알고 있다. 스스로에게든 타인에게든 아무리 부인한다 한들, 아니 이른 새벽 아무도 없는 시간에 생각하지 않게끔 암시를 걸어 놓는다 한들…… 다 좋아질 리가 없다고.

우리가 말을 완전히 잘못한 경우, 말하자면 그 말이 어머니를 울게 만드는 경우도 너무 많았다. 발병 초기, 어머니가 아직 뉴욕 집에서 지내면서 건강도 괜찮은 편이었을 때, 불교도 친구에게 선물을 받았는데 거기에는 어머니가 (불교에서 말하는) 보호의 원 안에 있으며 결국에 가서는 모든 게 좋아질 것이라고 믿는다는 쪽지가 들어 있었다. 그건 조금 생각이 부족했다고는 할 수 있겠지만, 해될 것도 없고 좋은 의도에서 나온 연민의 표시였을 뿐이다. 그러나 어머니는 노해서 펄펄 뛰었다. "별 **해괴한 소리**를 다 듣겠군!" 어머니는 이렇게 말하고는 그 편지를 식탁에 내던졌다. 그러고는 방 안을 미친 듯이 둘러보더니 덧붙여 말했다. "누군가 어째선가 내 유전자가 어떻게 생겨 먹었는지 잊어버렸나 보구나." 그 말을 끝내고 어머니는 울음을 터뜨리고는 침실로 뛰어 들어갔고, 몇 시간이 지나도록 밖으로 나오지 않았다.

이런 상황이 되면 어머니는 보통 의사와 이야기를 하고 난 뒤에야 어느 정도 평정심을 되찾았다. 어쩌면 이것이 의사와, 의사가 어린애 취급하는 환자의 심각한 불균형 관계에서 꼽아 볼 만한 드문 이점일 것이다. 이런 맥락에서 볼 때, 어떻게 그랬는지는 모르겠지만 아무튼 시나브로 어머니를 진정시킨 슬로언-케터링의 스티븐 나이머와 시애틀 허치의 주치의 존 페이글은 임상 과학자라기보다는 무당 과학자shaman-scientist였던 셈이다. 의사와 환자의 그런 관계를 비웃는 것도 좋고 의사들이 얼마나 보호자인 체하는지 또는 환자를 얼마나 대상화하는지 말하는 것도 다 좋지만, 나는 이 딜레마에서 벗어날 방법이 있는지 아니면 의사들이 더 솔직해지면 그 관계가 더 좋아질 수 있는지 알지 못한다. 왜냐면 슬프게도 현실적으로는, 의사들에게 환자를 어린애 취급하는 그 권능이 없다면, 말하자면 어머니한테 아량을 베푸는 듯 굴거나 군림하는 것이 아니라 어르고 달래는 쪽으로 행동했다면, 어머니는 돌아가시기 전 몇 달 동안을 온전한 정신으로 보내지 못했을 것이기 때문이다.

어머니가 가까운 이들에게 받은 사랑을 고맙게 생각하지 않았다는 얘기는 아니다. 아니, 무척이나 고맙게 생각했다.

그럼에도 이 사랑은 생명을 위해 필사적으로 싸우는 어머니에게 아무런 위안도 되지 못했다는 것이 가감 없는 진실이다. 산 자는 죽어 가는 자의 기대에 부응할 수 없는 법, 어머니를 사랑하는 우리는 끝내 어머니 기대에 부응하지 못했다. 어머니가 우리에게 정말로 원하는 그 단 하나가 우리가 할 수 있는 일이 아니었기 때문이다. '새로이 주어진 인생의 기회'는 고사하고 죽음을 다만 얼마간이라도 뒤로 미루는 일을 우리가 어떻게 할 수 있었겠는가. 그것은 의사들만이 할 수 있는 일이었다. 그렇기에 어머니는 의사들에게 매달렸다. 난파선의 선원이 활대에 매달리듯. 할 수 있는 데까지. 골수이식 수술이 실패로 끝난 뒤에도. 어머니 생의 거의 마지막 날까지도. 나머지 우리는 무력하게 지켜보는 수밖에. 마지막에 이르러 어머니가 혼자서는 돌아누울 수조차 없게 되었을 때, 이제 남은 것은 잠 아니면 통증밖에 없게 되었을 때, 우리가 할 수 있는 일은 어머니가 더 이상은 읽을 수 없는 신문을 가져다주고, 어머니가 더는 듣고 싶어하지 않는 음악을 들려주고, 침대보를 정리해 주고, 손을 잡아 주고, 몸을 돌려 눕혀 주고, 어머니의 두서없는 (어쩌다가는 광범위해지는) 이야기를 들어주고, 링거액이 멈추면 꼭지를 돌려 주고, 간호사를 부르는 일뿐이었다.

어머니의 죽음에 편안함 같은 것은 없었다. 말 그대로, 마지막 몇 시간을 제외하고는. 힘들었고, 더뎠다. 가끔은 어머니가 죽어 가는 나날이 정말로 슬로모션으로 지나가는 것처럼 느껴졌다. 그리고 그 과정에서 존엄성을 박탈당한 것은 어머니만이 아니었다.

8

어머니가 그렇게 간절히 바라지만 않았더라도……. 이것은 불가능한 가정이다. 어머니는 평생에 걸쳐 희망이 아닌 것은 어떤 것도 할 수 없었다. 극단적인 상황 속의 희망, 아무리 가망이 없는 상황일지라도, 필요하다면. 어머니가 낙관적인 사람이었다는 이야기가 아니다. 오히려 정반대로, 어머니는 거의 언제나 우울과 싸우고 있었다. 잠에서 깨면 곧바로 의기소침한 상태를 털어 없애기 위해서 아무 얘기고 맹렬한 속도로 마구 쏟아 내었다. 마치 유성우처럼 말을 쏟아 내어 우울한 기분을 덮어 버리려는 듯이. 역설적으로 들릴지는 몰라도, 어머니가 절망을 분석하는 방식조차 희망의 아종처럼 보이기도 했다. 나는 어머니가 유방암 수술을 받은 직후에 쓴 일기의 첫 쪽을 보고서야 그렇다는 것을 확실하게 깨달았다. "절망이 너희를 자유케 하리라." 처음에는 음울한 농담인 줄로 알았다. 그러나 계속해서 읽으면서 그것이 전적으로 진담이라는 것을 알았다. "글을 쓸 수 없다. (…) 내가 느끼는 절망에 내가 목소리를 허락하지 못하기(않을 것이기) 때문이다. 번번이, 결국에 가서는, 의지다. 절망을 거부하느라 나 스스로 내 에너지를 차단하고 있다."

이렇게 보자면 스스로에게 절망에 '굴복' 하라고 촉구하는 것이 어머니에게는 하나의 자기 혁신, 나아가서는 자기 개선을 위한 새 계획이 되는데, 어머니가 읽을 책 목록이나 여행 일정 따위를 정할 때도 거의 이런 식이었다. 그러나 달리 어찌할 수 있었겠는가? 어머니가 하나의 의례처럼, 스스로를 마비시키리만치 절망을 거부해 온 정신, 나아가 그 이상으로, 인생에서 바라는 것은 (사랑만 제외하고) 어떤 것이 되었건(사랑에 관한 한 어머니는 어떤 재주도 없다고 생각했으며 의지란 아무런 쓸모도 없다고 믿었다) 이룰 수 있다는 정신이 어머니의 삶에서 그토록 오랜 세월 힘이 되어 주었는데, 어머니가 이것을 어머니만의 조직 원리, 인생의 길잡이로 삼지 않았다면 그것이 더 이상했을 것이다.

어머니가 젊었을 때는 자부심이자 회한의 원천이 된(어머니에게는 자부심과 회한, 이 둘이 늘 붙어 다녔다), 굽힘 없는 희망과 강철 같은 의지가 살아남기 위한 유일한 방법 같았다. 어머니의 일기에는 "나는 우월의식을 먹고 살았다"고 적혀 있다. "그리고 그 높은 자리에서 한 번도 밑으로 떨어져 본 적이 없다." 그리고 어머니는 외톨이 어린 시절을 버텨 내고 남서부에서 벗어나 시카고 대학으로 진학하고 거기서 열일곱 나이에 아버지와 사귄 지 일주일 조금 지나 결혼을 승낙하기까지, 어머니가 가진 것은 희망과 의지뿐이었다는 이야기를 나에게 여러 차례 했다. 7년이 지나 어머니가 결혼 생활에서 빠져나올 힘을 주었던 것도 바로 이 정신, 어떤 장애가 가로막든 인생을 다시 시작할 수 있다(그저 다시 시작하는 것이 아니라 전편보다 나아진 제2, 제3, 제4의 작품을 만들 수 있다)는 정신이었다.

버클리, 시카고, 매사추세츠, 옥스퍼드, 파리, 뉴욕. 희망의 바람이 어머니를 데려다 준 장소들이다(어머니는 가끔 애리조나 투손의 협곡에 살던 사춘기 시절 상상 속에서 이미 이곳들에서 살았다는 이야기를 했다). 늘 새 출발이 있었고, 늘 새 장이 펼쳐졌다. 뉴욕에 처음 도착했을 때 일기에 어머니는 그때 기분을 이렇게 기록한다. "흩어져 날아가는 연기처럼, 나의 실패한 결혼은 이제 없었다. 불행했던 어린 시절도 스르르 없어졌다. 마법의 손길이 스치고 지나간 것처럼."

과거와 사랑에 빠져 있는 사람, 아니, 정확히 말하자면 과거의 위대한 성취와 그 창조자들을 자신과 동일시하는 사람(어떻게 보면, 어머니가 숭배한 것은 어머니 자신이었다) 치고는 놀랍게도, 어머니는 향수에 시달리는 법이 없었다. 어머니를 늘 따라다니던 두 가지 크나큰 회한은 살면서 더 많이 이루지 못했다는 사실과 현재에 더 행복할 수 있는 법을 알지 못했다는 사실이었는데, 어머니가 고백하듯이 자연인으로서 어머니의 현재는 슬픔과 좌절의 원천이었다. 정치적 관점에서, 그리고 생태적 관점에서도, 가면 갈수록 어머니는 이 세계가 더 좋아질 것이라고는 기대하지 않았으며, 아무튼 아주 많이 나빠질 것이라는 것이 어머니의 강력한 직관이었다. 그러나 이런 생각은 이성적인 결론이었지, 직관적인 결론이 아니었다. 경구도 있듯이 "이성은 비관, 의지는 낙관"이었다. 어머니에게 살아 있다는 것은 아무리 넘쳐도 목마른 것, 그것이 흔들림 없는 진실이었다. 어머니는 **살아 있음**을 탐닉했다. 그 이상도 이하도 아니었다. 나는 생을 그렇게 망설임 없이 사랑하는 사람을 본 적이 없다. 만약 어머니가 일흔한 살이 아니라, (마지막 병상에서 자주 말했던) 바람대로 정말로 백 살까지 살았다 해도, 지적 활동의 제약을 제외한 그 어떤 것도 어머니에게 죽음을 받아들이게 만들지 못했을 것이라고 믿는다. 어머니는 이 시를 쓴 페루의 위대한 시인 세자르 바예호César Vallejo와

한마음이었다.

> 나는 언제까지나 살고 싶어, 꼼짝 못 하고 누워 만 있더라도.
> 왜냐면 전에도 말했고 다시 말하지만
> 삶은 아무리 넘쳐도 모자라니까! 그렇게 많은 세월에도,
> 언제까지나, 아주 많이 언제, 언제, 언제까지나!

물론 어머니는, 자신이 죽으리라는 것을 알았다. 자신의 인생이 〈스타워즈〉에서 잘라 낸 한 장면일 것이라는 환상 같은 것은 없었다. 그러나 바로 이것이 어머니가, 그리고 추측컨대 아픈 사람이건 그들을 사랑하는 사람이건 너무나 많은 사람들이, 맞닥뜨려야 했던 현대적 어려움이다. 우리는 그냥 죽는 것이 아니라, 시몬느 드 보부아르가 아름다운 회고록에서 지적하듯이, "태어났기 때문도, 살 만큼 살았기 때문도, 고령이 되었기 때문도" 아닌 "**무언가 다른 이유로** 죽는 것이다." 그러나 어머니는 40대 초반에 어머니를 사정거리 안에 두고 위협했던 **그 무언가인** 암으로 죽지 않았고, 살아남았다. 한 번도 아니고 두 번이나. 엄밀한 과학적 관점에서 본다면 암이 림프계까지 전이된 유방암 환자가 화학 치료로 암을 물리치고 나서 10년이나 20년 또는 그보다 뒤에 재발하는 것은 그렇게 놀라운 일이 아니다. 다만 인간적으로 받아들이기 어려우

며, 희망을 버려야 할 뿐만 아니라 그간의 체험까지 거부해야 하기 때문에 어려운 일이다. 왜냐하면 암으로 죽었어야 할 사람이 죽지 않고 살아서 오랜 세월 생존했는데 이제 와서 암이란 20년 만에 재발할 수도 있고 (과학적으로는 잘못된 지식이지만 일반적으로는 '종지점'으로 받아들여지는 기간으로, 암 환자들이 적어도 재발할 위험에서 벗어났을 가능성이 높다고 믿는 기한인) 5년 만에 재발할 수도 있는 병이라고 자기를 자꾸만 설득해야 하기 때문이다.

어머니는 아픈 상황에서도, 모든 법칙에는 예외가 있다는 생각을 마음 깊이 품고 있었다. 물론 그런 사람이 어머니 한 사람뿐이었다고는 할 수 없다. 어떤 면에서는 운이 좋아 일찌감치 삶에 짓밟히지 않고 뒤늦게 비극을 당한 모든 현대인이 이렇게 느낄 것이다. 그렇게 느끼지 않으려면 (이성적으로는 어떻게 알고 있거나 간에) 광고에서 정치까지 모든 것에 노골적으로 나타나 있는, 우리 시대 문화의 지배적 메시지("나, 또 나, 무조건 나"라고 말하며 "이 상품은 당신을 위해 만들어졌습니다", "저를 뽑아 주시면 여러분이 원하는 것을 해 드리겠습니다", "원하기만 하면 뭐든 될 수 있어요", "당신이 가장 소중합니다"라고 끝도 없이 거짓말해 대는 풍토)와 맞서야 한다. 어머니는 텔레비전 한 대 없이 살았지만 그렇다고 도덕적 · 문화적 방어막이 견고하여 어떠한 충격에도 끄떡없는 사람은 아니었다. 어떤 환상의 실체를 알았다고 해서 반드시 그 환상에서 빠져나올 수 있는 것은 아니다. 그리고 어머니는, 우리는 한 사람 한 사람이 다 그렇게 특별한(이렇게 생각하는 것이 바로 예술가의 나쁜 버릇인데) 사람이 아닐지언정 고통과 질병을, 나아가서는 죽음까지도 면제받기를 열망하라고, 아니, 자신은 면제받은 사람이라고 생각하라고 권장하는 사회에 살고 있다는 영국 작가 존 버거의 말을 즐겨 인용했다.

어머니는 어머니 자신이 이런 부류의 근거 없는 희망에 얼마나 깊이 영향을 받고 있는지 알았을까? 첫 번째 암이 생기기 전까지는 어땠는지 잘 모르겠지만 그 뒤로는, 그 불가능한 확률을 이기고 살아남았다는 게 사실이라 해도, 그리고 아주 드물게나마 어느 정도 에둘러 표현했다 해도, 어머니가 그 점을 무엇보다 먼저 알았다고 믿는다. 시간에 집착하는 모습, 부쩍 한눈팔거리를 찾는 모습(일기에 "글을 쓸 수 없을 때는 읽는 것이라도 멈추면 안 된다"는 기록이 나오는가 하면, "빨대를 천 개는 씹어 먹는다"는 말도 나온다)이 나에게는 전부 이 공허에서 달아나려는 노력으로 느껴졌다. 어머니는 육신의 고행은 면제 받지 못했으나 어떤 식으로든 죽음은 면제 받는, 그 예외의 존재가 될 것이라고 믿었다. 그리고 그런 믿음에 기대어 기꺼이 목숨도 걸었는데, 『인 아메리카』를 끝내기 위해서 자궁육종 진단과 치료를 둘 다 뒤로 미뤘을 때가 그때였다.

어머니가 『바람과 함께 사라지다』의 "내일은 또 내일의 태양이 떠오를 테니까" 식의 감상적인 희망을 품었다는 이야기는 결코 아니다. 어머니의 세계관은 이것과는 하늘과 땅 차이였다. 유방암 치료를 거쳐 어머니는 '고통학 대학원 과정'을 수료했다. 어머니는 집으로 돌아오면 어떤 일을 겪게 될지 알았고, 수술을 받았고, 화학요법을 시작했다. 자잘한 일에는 그토록 참을성 없이 여왕처럼 굴 수 있는 어머니가 이 일은 고통을 드러내지 않고 너무나 잘 견뎌 냈지만, 고통을 견디는 것과 자신의 죽음을 또 한 번 다음으로 연기할 수는 없다고 믿는 것, 그리고 사람은 누구나 죽게 되어 있으나 이번에 이것으로 죽지는 않을 것이라고 믿는 것은 같은 것이 될 수 없다. 바로 이런 이유로 나는 어머니가 골수이형성증후군 판정을 받는 바로 그 순간, 나의 역할이 어머니가 이번에도 살아남을 것이라고, 어머니에게 시간이 남아 있을 것이라고 다시금 믿게 만드는 일이라고 생각했다.

어머니는 이 세계를 하나의 납골당으로 여겼고…… 그러면서도 늘 삶에 목말라했다. 어머니는 스스로를 불행하다고 여겼고…… 그러면서도 살고 싶어했다. 불행한 사람으로. 될 수 있는 한 오래도록. 그 불행함이 지금까지도 나를 따라다닌

다. 주기적으로 나를 휩쓸고 가는 죄의식의 파도가 이제는 오랜 동지처럼 느껴진다. 체스와프 미워시(Czesław Miłosz, 1911~2004. 1980년 노벨문학상을 받은 폴란드 출신 미국 작가. 옮긴이)가 어디에선가 진정한 기억은 상처의 기억뿐일지도 모른다고 말했다. 사랑하는 사람이 죽었을 때, 죄의식이 그 사람에 대한 가장 깊은 감정일까? 아니었으면 좋겠다. 그러나 그것이 그중 하나인 것은 분명한 것 같다. '나는 죄의식을 느낀다, 고로 존재한다'인가? 사랑하는 이의 무덤을 찾는 사람에게는 좋은 좌우명이 될 듯하다.

어느 모로 보아도 더할 나위 없이 성공했고 충만한 인생일지라도 그 얼마나 큰 불행이 숨어 있는 것인지! 나는 어머니가 돌아가시고 몇 달이 지나서야 비로소 마음을 가다듬고 어머니의 일기를 읽을 수 있었다. 어머니가 그토록 자주, 그토록 뼈저리게 불행했다는 것을 알면서 감정이 북받쳐 올랐다. 그러나 한편으로는 꽤나 당황스러웠는데, 아무리 쓸쓸한 날의 기록이라도 어느 지점에 이르면 어느 틈엔가 벌써 미래의 계획으로 바뀌는 것이 아닌가. 거기에는 어떤 글을 써야겠다 하는 이야기만이 아니라, 읽고 싶은 책, 보고 싶은 연극, 들었으면 하는 음악, 찾아 듣고 싶은 음악 이야기도 자주 나왔다. 어머니는 어휘 목록('주필실', '두성', '뼛조각 세공', '원천적 전제조건', '대리석 무늬 종이' 등)이나 인용문(거트루드 스타인: "시가

명사라면 산문은 동사다"), 또는 특이한 사실("최초(?)의 낙서 그림: 헤라르트 하우크헤이스트(Gerard Houckgeest, 1600~1661)가 '델프트 신교회 침묵왕 빌렘의 무덤' 기둥 밑동에 그린 낙서—빨간 모자를 쓴 막대 인물 그림") 등을 수집하기 시작했다. 그러고는 얼마 지나지 않아서 새 계획의 틀을 잡아 나가면서 어머니 자신을 위하여 건설한 세계 속으로 어서 들어가자고 스스로를 다독였다.

어머니는 이 모든 것을 명확히 인식하고 있었으며, 내 생각에는 이런 면을 강점이자 저주로 여겼던 것 같다. 1980년대 초의 어느 날 일기에서 어머니는 선언한다. "내 글은 내가 사는 식 그대로다. [그래서] 내 인생은 인용문투성이다." 그 뒤에 덧붙인다. "바꿔라." 그러나 어머니는 끝내 바꾸지 못했다.

어떻게 바꿀 수 있었겠는가? 어머니의 일기는 내가 어머니에 대해 늘 생각하던 것이 맞았음을 뒷받침해 주었다. 어머니는 어떤 일이 생기더라도, 아무리 꺾이고 옴짝달싹 못 하고 가로막히고 오해받고 있다고 느껴지더라도, 종국에는 털고 일어나 흔들림 없는 시선을 미래에 고정한 채 이제부터 일어날 일에 집중할 사람이라는 생각 말이다. 어머니 자신도 "따라잡기 힘들다"고 이따금 말하던 그것은 단지 야망이 아니었으며, 호기심도 허영도, 또는 사춘기 시절부터 갈망해 온 것을 실천에 옮기고픈 소망도 아니었다. 어떤 면에서는 저 모든 것이라고 할 수 있겠지만, 차츰 나는 어머니를 길러 주고 키워 준 것은 세상을 경이롭게 바라보는 어린이 같은 감성이었음을 알았다. 그 감성이 어머니를 이 계획에서 다음 계획으로, 이 여행에서 다음 여행으로, 이 공연에서 저 공연으로 이끄는 힘이었다. 이렇게 말하면 바보같이 들릴지 모르겠지만, 한마디로 어머니에게는 이 세계가 성에 차지 않았다. 그런데 어머니가 나이쯤은 아랑곳없이 그 모든 것을 잘해 나가고 있는 줄 알았더니, 죽음의 시간이 다가온 것이었다.

세상에 정말로 인간사에 참견하고 간섭하기 좋아하는 자애로운 신이나 혼령이 있다면, 하다못해 그들이 우리를 가장 두려워하는 것으로부터 숨겨 주기만이라도 한다면, 어머니는 골수이형성증후군에 걸려 서서히 고통스럽게 죽어 가는 대신 단 한 번의 심장마비로 갑자기 세상을 떴을 것이다. 어머니처럼 (그리고 나처럼) 죽음에 대한 공포에 꽁꽁 묶여 있는 모든 사람이 동경해 마지않을 죽음 말이다. 때로는 마음속에 그려 보기도 했다. 방금 본 것, 또는 이제 보려고 하는 것, 또는 방금 읽은 것, 또는 다시 읽은 것, 또는 다시 읽으려고 하는 것, 또는 좀 있다가 여행하려고 계획한 곳을 한참 이야기하던 어머니가 순식간(아무튼 짧은 순간 안)에 죽어 있는 장면을. 그랬다면 어머니에게는 공포에 질릴 시간도, 너무나 하고 싶었던 것을 하지 못했다는 사실에, 살고 싶었던 삶을 살지 못했다는 사실("나는 너무 자주 당면한 상황에 매몰된다"고 어머니는 어느 날 일기에 적었다)에 괴로워할 시간도 없었을 것이다. 어머니에게는 스스로도 알아보기 어려울 정도로 망가질 시간이 없었을 것이며, 유명 인사의 죽음을 찍는 애니 리보비츠(Annie Leibovitz, 1949~ . 미국의 인물 사진가. 존 레논과 오노 요코의 나체 사진으로 유명해졌는데, 이 사진을 찍은 지 다섯 시간 뒤 레논이 살해되었다. 옮긴이)가 카니발 같은 이미지로 '추모' 하는, 사후 모독도 있을 수 없었을 것이다.

어머니는 건강한 삶을 누리지 못했으며 죽음에서도 빨리 해방되지 못했다. 고립되는 것을 무서워하면서도 사람들과 관계 맺는 일을 너무나 어려워했던 어머니는 대신, 가장 외로운 죽음을 맞았다. 이런 이유 때문에, 그리고 이 이유 하나 때문에, 어머니 곁에 있던 사람들이 어머니에게 심어 주기 위해서 공들였던 그 거짓 희망이 끝까지 어머니에게 위로가 되었을지, 아니면 어머니의 고립감만 더 키웠을지 의문을 품게 된다. 이런 생각이 사랑하는 사람을 저세상으로 떠나 보내고 남은 거의 모든 이가 조만간 세우게 될 저 죄의식의 궁전에 건축물 하나 더 보태는 것일 뿐일지라도. 나의 선택지, 그리고 어머니의 생애 마지막 몇 달 동안 어머니 곁에 있던 사람들의 선택지는, (이식수술이 잘 되지 않았다는 것이 확실해지는 즉시) 희망이냐 진실이냐로 갈렸다. 당시에도 우리가 무엇을 선택해야 할지는 명료한 듯했지만, 지금은 더 명료하게 느껴진다.

그것이 내가 기만행위의 공범이 되어야 한다는 뜻이었다면, 어머니에게 위안을 제공하기 위한 수단이었던 만큼 터무니없는 대가는 아니었다. 그리고 단두대 앞 마담 뒤 바리의 애원과는 달리, 어쩌면 조금만 더 시간을 달라는 어머니의 (무언의) 탄원에 미미하고 희박하나마 정말로 승인이 떨어져 아주 짧은 시간뿐이라 해도 어머니가 살아날 가능성도 없지는 않았던 것이다.

그럼에도 나는 어머니를 치료한 의사들 가운데, 그중에서도 시애틀 프레드 허친슨의 몇 사람은 이 문제를 난처하게 여겼다는 것을 안다. 어떤 면에서는 나도 이해할 수 있다. 죽어 가는 환자들을 전문적으로 보살피는 의사들은 '희망을 재구성한다' 는 표현을 자주 사용한다. 이 말은 병으로 죽어 가는 환자들이 품는 희망의 마음을, 사랑하는 사람들과 마지막으로 (한 번도 하지 못했던 말을 한다거나, 감히 물을 수 없었던 질문을 하면서) 의미 있는 시간을 보내는 쪽으로 돌려놓도록 돕는다는 뜻이다. 죽어 가는 사람들이 이 '재구성' 으로 얼마나 큰 위안을 얻을지는 모르겠다. 이런 시간을 통해서 힘을 얻는 사람들도 있으리라고 본다. 나로서는 그런 경우에라도 '희망' 이 너무 강하고 감상적인 어휘라는 느낌은 피할 수 없지만. 나는 '마무리' 라는 말을 들을 때도 이와 똑같이 근거 없는 희망 같은 것을 느낀다. 사랑하는 사람의 죽음에 '마무리' 따위는 있을 수 없다. 이것만큼은 나도 분명히 말할 수 있다. 그리고 나는 구성됐건 재구성됐건 '희망' 이라는 것이, 죽음의 그늘 안에서 생각과 감정을 정리하고자 노력하는 사람에게 많은 것을 줄 수 있다고는 생각하지 않는다.

'희망의 재구성' 은 죽어 가는 당사자들보다는 죽어 가는 사람을 치료하는 의사들 좋으라고 만들어 낸 말이 아닌가, 하고 고개를 갸웃거리게 된다. 내 안의 냉소적 기질이 발동하는 것이다. 아니 어쩌면, 나의 회의적 태도는 과학적 세계관과 비과학적 세계관의 간극을 보여 주는 또 하나의 상징일 것이다. 결국 허치의 의사들에게 죽음은 일상이다. 또한 그런 만큼 그들은 현실이 달라지기를 바라며, 암 치료의 현실을 변화시키기 위하여 헌신하는 것이 그들의 일이기도 하다. 한 의사가 한참 지나서 편지를 썼는데, 그의 경험으로는 어머니의 "'꺼져 가는 빛에 대한 분노' 는 ([실제] 상황, 어머니가 겪은 모든 것, 의문의 여지가 없는 예후를 따져 볼 때) 전형적인 반응이 아니었습니다. 이런 상황에 처한 대다수 환자들은 싸움을 그만두고 피할 수 없는 현실을 인정합니다. 피로와 두려움 때문일 수도 있고, 아니면 남겨 두고 떠나야 할 사람들에게 좋은 기억을 남기는 데 얼마 남지 않은 마지막 시간을 쓰고 싶어서이기도 하고, 어쩌면 그 전부를 위해서이기도 합니다."

나는 분명코, 생의 마지막 순간에 어떤 모습이 전형적이고 어떤 모습이 전형적이 아닌지를 말할 위치에 있는 사람이 아니다. 그러나 나의 어머니가 유례없는 경우였다고는 생각하기 힘들다. 몇 군데에서 인용했듯이, 나는 죽음에 대한 다른 작가들의 생각을 읽어 왔는데, 어머니가 죽음을 묵묵히 받아들이지 않았듯이 다른 작가들도 죽음을 묵묵히 받아들이는 경우는 별로 없는 듯하다. 작가들이란 어느 모로 보아도 전형적이지 않은 사람들인데, 그러니 만큼 죽음에 대한 반응도 전형적이지 않은 것이 당연하지 않는가! 1987년 슬로언-케터링에서 죽어 가던 이스라엘의 위대한 시인 아바 코브너Abba Kovner가 남긴 시는 시인들만을 위한 것은 아니었으리라.

머잖아
머잖아 알게 되리라
우리가 죽어도 별빛은 꺼지지 않음을
우리가 살아서 받아들였던가를.

어머니가 돌아가신 지 두 해 가까이 지나서 미국국립암연구소 신임 소장 존 니더후버John Niederhuber 박사를 만나러 갔다. 우리가 나눈 이야기는 주로 미국국립암연구소가 하는 일, 그리고 암 연구의 미래(무엇보다 무슨 기금을 어떻게 모을 것인가 하는 문제)에 관한 것이었다. 그러다 어느 순간엔가 니더후버가 유방암 재발로 죽은 아내 이야기를 꺼냈다. 그의 아내도 오랜 기간 암 없이, 20년 동안 혈구 수치도 정상이고 단층촬영을 해도 재발 징후를 전혀 보이지 않는 채로 지내더니, 갑자기 재발했다. 니더후버의 이야기는 차분했고 아주 평이하면서도 굉장히 감동적이었다. 아내의 마지막 날을 그는 이렇게 묘사했다. "아내는, 몸에 그야말로 뼈밖에 남지 않은 상태였는데, 그런데도 다음 실험 치료를 받으려면 체력이 뒷받침되어야 한다는데 어떻게 해야 체력이 더 나아질까, 하는 얘기를 하더군요."

부인否認? 말기 환자를 치료하는 의사들은 이 말을 쓸지도 모르겠다. 그러나 나에게 이 말은 의미도, 상관도 없었다. 오래된 대학가 우스갯소리에서도 말하듯이, "보여야 진실이요, 보이지 않는 것은 진실이 아니다". 어머니에게도 존 니더후버의 아내에게도 죽음은 생각조차 할 수 없는 일이었다. 어머니가 생각할 수 있는 것은 다음 단계뿐이었다. 모든 것이 다 끝날 때까지 그랬다. 이 점은 슬로언-케터링의 성인 골수이식 수술과 과장 마르셀 반 덴 브링크Marcel van sen Brink가 나중에 해 준 말로도 확인할 수 있다. "마지막 남은 몇 주 동안 어머님은 종종 '온몸이 다 아프다' 고 호소하면서 '이제 그만하고 싶다' 고 말씀하셨습니다. 하지만 완화 치료 문제를 거론하면 어머님도 곧바로 그 깊은 절망에서 하던 대화로 돌아와, 치료를 누구와 어떻게 진행할지를 의논하곤 했습니다."

반 덴 브링크와 스티븐 나이머 덕분에 치료는 지속되었다. 나이머는 어머니의 생애 마지막 몇 주 언젠가 이런 말을 했다. "치료에 임할 때는 항상 [이 요법]이 의학적으로 효과가 있을 것이라고 생각해요. 환자가 원하는 것이 내가 해 줄 수 있는 것이라면, 해 주려고 합니다." 그 무렵 어머니는 원하는 것이 무엇인지 표현하는 것조차 힘든 상태였고, 이따금씩 순간적으로 의식이 명료해지는 정도였다(이런 상태를 슬로언-케터링의 정신과 의사들은 '방어적 겨울잠' 이라고 부르기도 했다). 그러나 반 덴 브링크나 나이머나 나나, 어머니가 바라는 것이 무언지 표현할 수만 있다면 살기 위해 끝까지 싸우고 싶다고 말했으리라는 것은 추호도 의심하지 않았다.

어머니는 언젠가부터, 암으로 죽는다는 것은 다른 사람 이야기라고 믿게 된 것이 분명하다. 그럼에도 어머니는 바로 그런 죽음(지식이 아무런 의미도 없는, 싸우겠다는 의지가 아무런 의미도 없는, 의사들의 기술이 아무런 의미도 없는 죽음)을 맞았다. 골수이형성증후군 판정을 받은 직후 "이번에는 내가 특별하게 느껴지지 않는구나" 말했던 어머니는, 그때 예감했던 대로 죽음을 맞았다. 물론 우리는 아무도 특별하지 않다. 나는 청년 시절에 뉴욕시 지하철에 붙어 있는 벽보에서 "남한테는 너도 남이다"라는 문구를 보고 한 대 얻어맞은 듯한 느낌을 받았다. 물론 어머니의 강철 같은 의지보다는 그 문구가, 인간이 하찮은 존재라는 현실을 훨씬 더 실감나게 설명해 준다. 그럼에도 이 특별하다는 느낌은 우리를 다른 동물과 다른 존재로 만들어 주는 속성이기도 하다.

진정한 불교 신자라면 인간이 하찮은 존재라는 현실을 정말로 받아들이고도 자비심을 유지할 수 있을 것 같다. 내가 이십대에 만났던 사람들을 통해 유추해 본다면, 미국의 불교도들은 현실적 의미에서 보시를 베풀기 위해서라기보다는 실존적 이기심의 논거로써 그 교리를 받아들이는 경우가 더 많았지만. 어쨌거나 죽음을 받아들인다는 것은 아주 소중한 지혜다. 어머니는 자기 자신, 자신의 생각과 직관, 자신이 가진 지식을 표현하기 위해서 힘들게 싸웠으며, 창조적인 작가라면 누구라도 그럴 것이다(다른 직업에 종사하는 사람들도 같을 것이라고 생각하지만, 여기서는 내가 아는 것에 국한하고자 한다. 말이 나온 김에 덧붙이자면, 어렸을 때 나는 가끔 작가라는 직업이 남한테는 비법을 알리고 싶지 않은, 집안 사업 같은 것이라고 생각했다). 그런데 이렇게 하면서 어떻게 동시에 자신이 하찮은 존재임을 증명하는 현실적 증거를 온전히 받아들일 수 있겠는가? 어머니는 분명히 그러지 못했다. 그리고 보통 사람과 다른 점이 많았던 어머니 같은 사람이 아니더라도, 그럴 수 있는 사람은 아무도 없을 것이라고 생각한다.

9

가끔 차라리 어머니 대신 내가 죽었다면 좋았겠다는 생각을 한다. 살아남은 자의 죄의식일까? 그런 면이 있는 것은 틀림없는 사실이다. 그러나 일부일 뿐이다. 그러나 이것은 『두 도시 이야기*A Tale of Two Cities*』가 아니며, 나는 이 소설의 등장인물 시드니 카튼이 아니다. 이런 생각에 빠져들다 보면 슬픔에 휘말리는 것은 사실이지만, 이 슬픔은 어머니가 돌아가신 뒤로 나를 힘들게 만든 유일한 감정도, 가장 지배적인 감정도 아니다. 그러나 이 감정은 떨쳐 낼 수도 없으며, 아주 심오한 감정은 아닐지 몰라도 여러 모로 나를 가장 강하게 붙들고 있는 감정이다. 죽음에 대한 두려움의 문제도 아닌 것이, 죽음과 화해하지 못했다는 사실을 내가 어머니보다 덜 두려워하는지 아닌지도 알 수가 없다. 그렇다고 자식 된 도리로 품는 감정도 아니다. 나는 어머니의 생애 마지막 십 년 동안 어머니와 나의 관계에 대해서는 될 수 있는 한 쓰지 않으려 했지만, 삐걱거릴 때도 많았고 때로는 아주 힘들었다는 정도만 이야기하고 넘어가자. 그러나 맑스가 적절하게 말한 바, '각자의 필요에 따라' 유지되는 관계였다. 세계와 사랑에 빠진 사람(어머니는 단지…… 살아 있다는 사실을 또 얼마나 사랑하였던가!)과 그렇지 않은 사람, 이런 두 사람의 관계가 그런 식이었다는 것은 너무도 당연한 노릇이다. 어머니가 이 세계를 만끽했고 또 충분히 활용했다는 것, 그리고 내가 과거에도 또 앞으로도 결코 어머니만큼 할 수 없으리라는 것은, 확고부동한 사실이다.

어머니는 이 세상을 떠났고 나는 아직 여기 좀 더 남아 있으리라는 사실. 이것이 어머니에게는 얼마나 불공평한가 하는 의문이, 전혀 생각지도 못한 순간 머릿속에 떠올랐다. 어머니가 돌아가시고 얼마 지나지 않아서 어머니의 소지품을 정리하는데 지갑 속에서 두툼한 카드 뭉치(박물관과 공연장 회원 카드, 자주 이용하는 항공 회사 일정, 식당 회원 카드)를 발견했다. 이 지갑 자체가 일종의 미래 일정표였다. 요즘은 어머니가 돌아가신 뒤로 뉴욕에 새로 세워진 많은 건축물을 지날 때마다 이런 생각을 한다. "저 건물, 어머니가 얼마나 싫어하셨을까…….” 혹은 “저런, 어머니가 저걸 보지 못하시다니……, 어머니가 흥미로워하셨을 거야…….” 어쩌다가 『뉴욕타임스』에서 새로 생긴 중국 식당에 관한 글을 읽을라치면 어머니가 그 기사를 잘라 두었다가 찾아가는 모습을 상상한다. 혹은 어머니가 좋아하던 그룹이 새 공연을 시작한다는 소식이 들려오면 나도 모르게 생각한다. “어머니가 그걸 볼 수 없다니, 믿을 수가 없어.”

물론 정말로 믿지 못하는 것이 아니다. 당연히 아니다. 많은 사람이 사랑하는 사람을 잃은 뒤에 그 사람이 정말로 죽었다는 것을 믿지 못하고, 심지어는 그 사람이 정말로 죽은 것이 아니라 언젠가는 돌아올 것이라는 환상을 품기도 한다지만, 나는 굳이 이런 착각에 빠지지 않으려고 힘을 들일 필요가 없었다. 어쩌면 어머니의 죽음이 너무 오래 끌었기 때문일 것이다. 어머니한테는 (당연한 일이겠지만) 너무나 무시무시하게, 너무나 순식간에 벌어진 소용돌이였지만, 어머니 곁을 지키던 우리에게는 그 마지막을 각오하기 위한 시간이 너무 길었다. 어머니가 죽음의 바다를 헤엄쳐 다닐 때, 어머니를 지켜보는 우리도 어머니와 함께 헤엄쳐 다닌 것이다. 어머니의 바다를. 그리고 어머니는 떠났다. 하지만 나는, 나는 아직도 그 바다를 헤엄쳐 다니고 있는 것 같다.

생각해 보니 어머니가 어떻게 돌아가셨는지를 제외한 모든 것을 이야기한 것 같다. 가장 말하기 힘든 것이 가장 힘들어하는 일이라더니…….

돌아가시기 이틀 전, 어머니가 물었다. "데이비드, 여기 있니?" 어머니의 두 눈은 굳게 감겨 있었다. 그 무렵 어머니는 침대를 돌려 달라거나 물을 달라거나 간호사를 불러 달라고 하는 경우를 제외하고는 주위 누구하고도 대화를 하지 않았다. 물론 말은 많이 했다. 나지막한 목소리로, 어머니 자신에 대해서, 그리고 오래전에 깊이 사랑했던 사람 조셉 브로드스키에 대해서, 혼잣말하듯이.

"네, 데이비드는 침대 바로 옆에 있어요." 누군가 말하는 소리를 들었던 기억이 난다. "네, 저 여기 있어요." 대답하는 내 목소리를 들었던 기억이 난다.

어머니는 눈을 뜨지 않았고, 고개도 움직이지 않았다. 어머니가 다시 잠드셨나 보다, 생각했다. 그러나 잠시 틈을 두고 어머니가 말했다. "너한테 하고 싶은 말이 있는데……."

어머니가 한 말은 이것이 전부였다. 어머니의 여윈 손이 보일 듯 말 듯 뭔가 손짓을 하고는 침대보 위로 뚝 떨어졌다. 그러고는 다시 잠들었던 것 같다. 이것이 어머니가 나에게 남긴 마지막 말이었다.

나는 어머니를 특별한 사람으로 여겼고 어머니도 스스로

를 특별한 사람으로 여겼지만, 어머니의 마지막 병은 그런 생각이 얼마나 허약한 것이었는지를 잔인하게 폭로했다. 그것이 거둬들인 대가는 무자비한 고통과 공포였다. 죽음을 그 어떤 것보다 두려워했던 어머니는 그것이 가까이 왔음을 느끼고 몹시 괴로워했다. 돌아가시기 얼마 전, 어머니는 간호조무사에게 몸을 기댄 채 말했다. "내가 이제 죽나 봐요." 그러고는 울음을 터뜨렸다. 어머니의 병은 무자비했지만, 죽음은 관대한 편이었다. 마지막을 마흔여덟 시간쯤 남겨 두고 어머니는 힘이 다하기 시작하면서 미약한 전신 통증을 호소했다(백혈병이 혈류에 다시 침윤했다는 신호로 볼 수 있다). 의사들은 어머니가 감염되었다고 판단하고, 제대로 반응하지 못하는 면역체계 상태를 볼 때 이번 감염을 이겨 낼 확률은 거의 없다고 알려 주었다. 어머니는 그 다음 날까지는 이따금씩 의식이 돌아왔지만, 목이 너무 헐어서 말을 해도 알아듣기 힘들었고, 정신이 오락가락했다. 나는 어머니가 내가 곁에 있다는 것을 안다고 느꼈지만, 확실하지는 않다. 어머니는 이제 죽을 거라고 말했고, 자기가 미친 거냐고 물었다.

월요일 오후, 어머니는 우리를 떠났다. 하지만 돌아가신 것은 아니었다. 의사들은 이를 '사후 직전 단계'라고 부른다. 정신이 나간 것도, 의식을 완전히 잃은 것도 아니었다. 어머니는 그때 어머니 안의 저 깊은 곳, 존재의 마지막 요새 같은 어떤 곳으로 들어간 것이라고 나는 상상한다. 어머니가 무엇을 보았을지, 나는 끝내 알지 못하리라. 그러나 어머니는 이제 더는 많은 것과 만날 수 없었다. 정말로 그러기를 바랐더라도. 어머니 곁을 지키던 사람들과 나는 밤 11시에 병실을 나와 잠을 자러 집으로 돌아갔다. 오전 3시 30분, 전화가 왔다. 어머니는 힘이 다해 가고 있었다. 어머니는 산소호흡기에 연결되어 있었다. 혈압은 이미 위험 수치로 떨어졌고, 거기에서 서서히 더 떨어지고 있었다. 맥박도 약해지고 혈류 내 산소도 점점 더 희박해지고 있었다.

한 시간 반 동안 어머니는 버티는 듯했다. 그러고는 마지막 단계가 시작되었다. 오전 6시에 스티븐 나이머에게 전화를 걸었고, 그는 즉각 나타났다. 그러고는 어머니 곁에서 임종을 지켰다.

죽음은 쉬웠다. 여느 죽음 같았다는 뜻이다. 고통을 거의 느끼지 않고, 괴로워하는 모습이 거의 나타나지 않았다는 의미에서. 어머니는 그냥 떠난 것이다. 처음에는 깊은 숨을 들이마셨고, 그러고는 40초 동안 멈추었다. 실제로는 몇 분을 넘지 않았지만 죽어 가는 사람을 지켜보는 이들에게는 너무나 고통스럽고 끝나지 않을 것처럼 길게 느껴지는 시간. 그러고는 다시 멈춤. 이 멈춤은 영원이 되었고, 어머니는 존재하기를 멈추었다. 그리고 스티븐 나이머가 말했다. "떠나셨습니다."

어머니가 돌아가시고 나서 며칠 뒤 나이머가 이메일을 한 통 보내왔다. "수전을 늘 생각해요." 그는 이렇게 적은 뒤에 덧붙였다. "우린 더 잘해야 합니다."

나는 나이머의 편지를 영원히 고마워할 것이다. 그렇지만 아주 솔직히 말하자면, 이 일을 어떻게 생각해야 할지 잘 모르겠다. 스티븐 나이머는 우리 어머니처럼 목숨을 잃어야 했던 환자들, 또 여전히 미미한 생존 가능성만을 믿고 싸우는 너무나 많은 혈액암 환자들에게 동료 의사들과 함께 더 나은 혈액암 치료법을 제공할 수 있기를 바란다고, 과학자이자 의사로서 연민과 희망을 표현했다. 그런 그의 마음을 이해한다. 나는 나이머를 존경하며, 이런 그의 덕목은 언제까지나 좋아할 것이다. 그러나 그의 말이 우리가 죽는다는 사실이 아니라 우리가 죽는 원인에 (지당하게) 초점을 맞추었기에, 어머니가 죽음 자체를 온몸으로 거부했다는 사실은 피해 갔다는 느낌이 든다. 시애틀의 몇몇 의사가 언질을 주기는 했으나, 이런 죽음을 거부한 것이 결코 어머니 한 사람만은 아닌데 말이다. 그렇다. 우리는 물론 더 잘해야 하며, 스티븐 나이머처럼 훌륭한 의사들이라면 앞으로 더 잘할 것이라고 믿어 의심치 않는다. 그러나 우리는 모두 언젠가는 죽는다는 저 냉혹한 사실은, 우리가 아무리 더 잘한다고 해도 현실적으로 한계가 있을 수밖에 없음을 의미한다.

나는 이런 문제를 해결하기는커녕 내 생각 하나 정리하는 것만 해도 벅찬 사람이다. 그러나 몇 가지 사실은 피해 가기 어려워 보인다. 사람들은 영원한 생명에 대한 환상을 이야기하지만, 대다수 생물학자들은 사람의 수명이 유한하다는 점에 동의한다. 오늘날에는 암으로 죽는 사람이 너무 많지만, 의사들은 이것이 적어도 부분적으로는 사람들이 더 젊어서 다른 병으로 죽지 않기 때문이라고 말한다. 모르긴 해도 암 연구자들이 정말로 암 치료에서 성공적인 결실을 거두어 많은 암 센터의 광고문이 승리감에 찬 문구를 사용하게 된다면, 이는 많은 암을 불치병이 아닌 '만성' 질환으로 바꿔 놓았다는 뜻일 것이다. 그러면 사람들은 암이 아닌 다른 어떤 것(우리가 더 잘해 내지 못한 어떤 것, 아직은 장기간 완화시키지 못한 어떤 것)으로 죽게 될 것이고.

결국 나를 따라다니는 의문은 이것이다. 스티븐 나이머가 어머니 목숨을 구할 수 있었다면, 어머니는 나중에 다른 어떤 것으로 죽게 됐을 때 그 사실을 받아들일 수 있었을까? 우리 누구라도 그럴 수 있을까? 우리 순서가 되었을 때? 음산하고 독특한 말년 일기에서 마르그리트 뒤라스는 무뚝뚝하게 말한다. "내가 아무것도 아닌 것이 되리라는 사실과 화해할 수 없다." 살아 있다는 것 자체를 그토록 사랑했던 나의 어머니가 썼을 법한 문장이다. 어머니는 어느 날 일기에서 이 문제를 정면으로 다루었다. "'나'를 초월하지 않는 한 죽음은 견딜 수 없는 문제다." 삶에서 그렇게 많은 것을 할 수 있었던 어머니였으나, 이것만은 할 수 없었다.

개중에는 이런 특별한 능력이 있는 사람, 아니, 좀 더 엄밀히 말하자면, 그 길을 찾아낼 수 있는 사람도 있다. 베르톨트 브레히트Bertolt Brecht는 베를린 샤리테 병원의 병실에서 마지막 나날을 보내면서 놀라운 연작시를 썼다. 마지막 편에서 그는 창밖을 내다보다가 근처 나무에서 들려오는 아름다운 새소리에 주목한다. 브레히트는 자기가 죽은 뒤에도 저 새는 살아서 저 나무에서 저 아름다운 소리를 지저귈 것이라고 생각한다. 이 시가 가르쳐 주는 지혜는 이 시인이 세계의 아름다움을 한껏 기뻐하며 자신이 덧없는 존재, 이내 사라질 존재임을 순순히 받아들인다는 사실이다. 브레히트는 이렇게 쓰고 있다. "내가 아무것도 아니라면 (…) 아무것도 잘못될 게 없지. 이제 나는 내가 떠나고 난 뒤에 지저귈 지빠귀의 노래도 즐길 수 있다네."

그러나 직관적으로는 어머니가 어머니 없는 세계를 사랑할 수 있을 것 같지가 않았다. 어머니 안의 도덕군자는 그러지 못하는 자신을 경멸했을 테지만. 어머니는 (산발적으로 우울증을 겪기는 했어도, 내가 생각하는 어머니는 그 무엇보다, 희망의 화신이었는데) 삶에 대한, 세계에 대한 희망으로부터 스스로를 해방시킬 수 없었던 까닭에 죽음이라는, 자신이 존재하지 않는다는 끔찍한 공포에서 스스로를 해방시킬 가능성도 사실은 없었다. 나는 어머니의 투병 기간 내내 희망을 응원한 것이 잘한 행동이었는지 잘못한 행동이었는지, 그리고 훨씬 더 중요한 것으로, 그 행동이 어머니에게 도움이 되었는지 못 되었는지는 알지 못하지만 어머니가 희망을 품을수록 세상을 떠나기가 더 어려우리라는 것는 뚜렷이 인식하고 있었다. 그렇다고 어머니가 죽을 확률이 더 높은 것처럼 이야기를 하게 되면 공포와 고통만 더 키울 것 같았다. 어차피 희망을 버리기에도 너무 늦은데다 어머니의 성향을 생각해 보면 가능할지조차 모르겠고, 어머니에게 희망의 끝이란 공포의 끝(브레히트가 '샤리테' 시에서 얻은 통찰)이 아니라 그저 더 깊은 절망과 공황, 무의미함일 뿐이라고. 아무래도 어머니라면 그럴 것 같았기 때문에, 희망을 안고 죽는 것이 공포에 움츠러들어 죽는 것보다는 훨씬 나은 일일 것이라고 판단한 것이다. 그러나 내 판단이 옳았다고는 결코 확신할 수 없으며, 우울해지는 순간이면 내가 저 희망이라는 독배를 끊임없이 채워 드림으로써 어머니에게 못할 짓을 한 것은 아닐까 의심한다.

어머니가 마지막 순간에 뒤라스의 공포심보다는 브레히트의 평정심을 얻었기를 빌어 보았자 그것은 기껏해야 사랑의 표현일 뿐, 속 빈 감상보다 나을 것 없는 소리다. 확신하건대 이런 감상은 어머니에게 아무런 도움이 되지 않았을 것이며, 어머니가 그런 감상을 경멸하는 것은 정당했다. 어머니는 그 본질을 꿰뚫어 보았을 테니까. 그것은 계속 살아갈 사람들을 위한 위안이라는 것을. 물론 내 안의 회의론자는 브레히트나 그를 사랑했던 사람들이 그 마지막 순간에 정말로 어떻게 느꼈을지 묻는다. 그의 시를 곧이곧대로 믿는다 해도, 그의 죽음은 어머니의 죽음보다 훨씬 편안했다. 하지만 그것이 예술의 위안이며, 예술의 거짓이기도 하다. 예술은 어머니에게도 늘 위안이었다. 그러나 어머니의 죽음이 진짜로 잔인했던 것은 삶에서 어머니를 키워 주고 영감을 주고 활기를 주었던 이것이 죽음을 그만큼 더 힘들게 만들었다는 사실이다.

내가 어머니를 위해서 아무것도 할 수 없었다는 것을 나는 아직까지도 믿을 수 없다.

에필로그

어머니는 파리 몽파르나스 공동묘지에 묻혔다. 에드가 키네 가로수 길로 난 정문으로 들어가면 바로 오른쪽에 시몬느 드 보부아르의 무덤이 있고, 정중앙 길을 따라가면 어머니가 묻힌 구역이 나온다. 새뮤얼 베케트의 유해를 덮고 있는 수수한 잿빛 화강암 석판에서 백 미터 거리에, 광택 나는 검은 석판 아래 한때 미국의 작가였고 1933년부터 2004년까지 살았던 수전 손택의 방부 처리된 유해가 누워 있다. 어머니의 친구였던 작가 에밀 시오랑Emile Cioran의 무덤이 그 맞은편 약 이백 미터 거리에 있다. 사르트르, 레몽 아롱Raymond Aron, 그리고 저 유명한 보들레르도 그곳에 묻혀 있다.

공동묘지 입구에 유명 인사들의 무덤 위치를 알려 주는 지도가 있어서 무덤은 쉽게 찾을 수 있다. 요컨대 몽파르나스는 가장 문학적인 공동묘지, 이승의 파르나소스(Parnassus, 방주를 뜻하는 그리스어 파르나소스는 그리스 델포이 근방에 있는 산으로, 그리스 신화에서는 시적 영감의 원천을 상징하는 뮤즈와 학예의 신인 아폴론이 살았던 곳이라고 전한다. 옮긴이)라고 할 수 있다. 물론 (정령을 믿는다거나 기독교의 부활 신화를 믿는 것이 아니라면) 신화와는 관계가 없으며, 그 이유는 단순하다. 문제의 남자들, 문제의 여자들이 더 이상 이승에 존재하지 않는 것이다. 우리가 할 수 있는 최선의 것은, 글쎄 이 말을 믿어야 할지는 모르겠지만, 베이다오(北島, 1949~ . 중국 문화혁명 때 저항운동을 벌였던 몽롱시파의 대표 시인. 본명은 짜오쯔언카이趙振開. 옮긴이)의 말마따나 "가진 생각을 말과 글로 표현하는 한, 우리는 육신과 함께 멸하지 않으며 또 다른 생을 얻는다."

기억 속에 간직되는 것을 말하는가? 시몬느 드 보부아르는 결코 그렇게 생각하지 않았으니, 어머니의 죽음을 회상하면서 보부아르는 "천상에서건 지상에서건, 불후의 명성에 집착해 봤자 죽은 자에게는 아무 위안이 되지 않는다"고 말했다.

어머니도 그런 생각을 수긍하지 않았으며 위안을 얻지도 못했다. 그런데도 어머니에게는 묘지를 찾아다니는 습관이 있었다. 잘 알려진 곳만 열거하자면, 보스턴의 마운트오번 공동묘지, 아바나의 꼴론 공동묘지, 부에노스아이레스의 라레

콜레타 공동묘지, 런던의 하이게이트 공동묘지가 있고, 물론 몽파르나스도 있다. 죽음을 그렇게 으스스하고 불쾌하게 여기는 어머니가 왜 그렇게 묘지를 찾아다닌 것인지 나는 완전히 다 이해하지는 못했다. 어머니는 한때 바니타스(vanitas, 공허함과 무상함을 뜻하는 라틴어. 인생의 덧없음과 무상함을 표현한 바니타스화는 해골, 모래시계, 촛불 등을 소재로 삼는다. 옮긴이)에 심취했고, 어머니의 책상 뒤 책꽂이 선반에는 아르누보 장식품과 어머니가 숭배하는 작가들로 구성된 판테온 사진 옆에 나란히 사람의 해골 하나가 몇 십 년 동안 진열돼 있기도 했지만, 공동묘지를 찾아가는 습관이 남의 죽음을 체험해 본다는 뜻은 아니었을 것이다. 그보다는 오늘날 몽파르나스 공동묘지를 찾는 수많은 문학적 관광객들(베케트의 무덤에 지하철 표를 남겨 두고 간 사람들, 그리고 최근 내가 본 것인데, 자기가 아끼는 작은 조약돌과 꽃을 내 어머니의 무덤에 바친 여성 등)이 그러듯이 어머니도 그 예술가들에게 경의를 표하고, 그렇게 함으로써 그들에게 부여된 제2의 생명에 불꽃을 이어 가고자 했을 것이다.

실제로는, 내가 어머니를 몽파르나스에 묻기로 한 것은 문학하고도, 심지어는 평생 지속된 어머니의 열렬한 파리 사랑하고도 관계가 없었다. 결정은 나 혼자 내려야 했으며(어머니는 유서에 여기까지만 명기했다) 나는 어머니를 어디엔가 묻어야 했다. 어머니는 화장에 어떤 공포를 갖고 있었다. 어머니는 끝까지 암을 이기고 살 것이라고 믿었고, 그런 까닭에 구체적인 지침을 남겨야 할 이유도, 매장에 관련해서 바라는 점을 미리 알려 줘야 할 이유도 없다고 여겼다. 그러니 나도 어머니가 어떻게 하기를 바랐는지 알 도리가 없었다. 작별 의식은 없었고, 그래서 보부아르의 멋진 문장도 써 보지 못했다. 나를 인도해 주는 어머니의 목소리가 없으니 나는 어디로 가야 할지 알 수 없었다. 마치 어머니가 골수이형성증후군으로 서서히, 갈수록 고통스럽게 돌아가신 것이 아니라 자동차 사고나 비행기 사고로 불시에 죽은 것 같은 기분이었다.

어머니가 유일하게 구체적으로 짚어 부탁했던 것은 장례식 때 어머니가 사춘기 시절부터 사랑했던 베토벤의 후기 현악 4중주 작품 가운데 한 곡을 연주해 달라는 것뿐이었다. 그러나 이것은 사춘기 시절로 거슬러 올라가는 막연한 생각일 뿐, 어머니의 실제 죽음과는 무관하게 느껴졌다. 그래서 내가 옳은 일을 한 것일까 곰곰 반추하다가 (사실 이 생각은 지금도 계속되고 있지만) 즉흥적으로 떠올린 것이 몽파르나스였다.

뉴욕의 공동묘지들은 흉하고, 특히나 어머니의 친아버지가 묻힌 곳은 그중에서도 가장 흉물스러운 곳으로 꼽힌다. 게다가 어머니는 이 묘지에 대해 아주 최근에야 알았고, 임종을 앞둔 며칠 동안 어머니의 혼잣말(한탄과 정산과 개인사를 거침없이 넘나드는 듯한 이야기)에 친아버지가 계속해서 등장하기는 했어도 내가 하는 한 어머니가 직접 그 묘지를 찾아간 것은 한 번뿐이었다. 어머니는 전에 살았던 미국의 다른 도시(투손, 로스앤젤레스, 시카고, 보스턴)에 별 정을 느끼지 않았다. 그러면 남는 것이 너무나 오랜 세월 어머니에게 제2의 고향이었던 도시, 파리였다. 아니, 어머니가 돌아가신 경황 중에 그나마 이성을 추슬러 내린 결론이 이것이었다.

그렇게 해서 뉴욕 케네디 공항에서 어머니가 살아생전 문자 그대로 수백 번을 탔던 그 에어프랑스 야간 항공편에 어머니의 시신을 싣고 파리로 향했다. 그때 "어머니를 파리로 모시고 가는 것도 마지막이구나……" 생각했던 기억이 난다. 어머니는 화물칸에 눕고 나는 효과라곤 없는 진정제를 삼키고 창 쪽 좌석에 앉아 그렇게 대서양을 건넜다. 파리에 도착한 우리는 파리 변두리 장의사에서 볼보 영구차로 옮겨 타고 어머니가 구석구석 잘 알았고 그토록 뜨겁게 사랑했던 넓은 가로수 길을 따라 몽파르나스까지 부드럽게 달렸다. 순환도로에서 오페라로, 오페라에서 마들렌으로, 마들렌에서 콩코르드 광장으로…… 센강을 건너 생제르맹으로, 의사당을 지나 라스파유 거리에서 몽파르나스 거리로, 그리고 끝으로 에드가 키네 가로수 길을 따라 묘지 정문에 이르렀다. 이렇게 어머니의 마지막 파리 일주가 끝났고, 나는 어머니를 땅에 묻었다.

그렇게 끝이 났다. 어머니의 시신을 내릴 때 관 가장자리에 무릎을 꿇고 앉았는데, 어머니가 아직 거기 있는 것만 같았다. 오늘, 어머니를 찾아가면 무덤을 조금 매만지고 보살피는 것(내가 어머니를 보살피다니, 말도 안 되는 역할 뒤집기다!) 말고 무엇을 할 수 있을지 모르겠다. 어쨌거나 몽파르나스의 정원사들이 묘지를 훌륭하게 관리하고 있고, 묘지를 찾아오는 많은 방문객들의 손길도 한몫한다. 그러나 물론 나는 어머니가 거기나 어디 다른 곳에 있다고는 생각하지 않으며, 그래서 좀처럼 오래 머무는 일이 없다. 몽파르나스에 도착해서 빠른 걸음으로 보부아르를 지나고 베케트를 지난다. 어머니 무덤 앞에 이르러 몇 분간 머문다. 그러고 나서 무릎을 꿇고 화강암 석판에 입 맞추고 일어선다. 그러고는 (성급히, 산란한 마음으로) 어머니의 무덤을 떠나, 왔던 길로 해서 다시 베케트와 보부아르를 지나거나 때로는 시오랑을 지나서 몽파르나스를 나선다. 나는 그저 그럴듯한 말이 생각나지 않는 것이 아니다. 아예 생각을 할 수가 없다.

무덤가에서만 그런 것은 아니다. 어머니의 죽음을 돌이켜볼 때면, 생각은 정리되지 않고 후회만 넘친다. 나의 주된 감정은 죄의식(살아남은 자의 '초기 설정' 상태)이다. 어머니가 살아 있을 때 어머니가 바라는 것을 더 많이 들어 드렸더라면 얼마나 좋았을까. 모든 면에서 내 생각은 접어 두고 어머니에게 중요한 일을 우선 밀어 드렸다면 얼마나 좋았을까…… 이런 생각들. 그러려면 어머니가 건강하게 살아 있는 동안 어머니의 죽음을 늘 염두에 두고 살았어야 할 것이다. 물론 이런 소망이 다 쓸데없다는 것은 나도 너무나 잘 안다. 실로 자의식이라고는 없는 사람만이 성취를 꿈꿀 수 있는 소망일 뿐이라는 것을. 그 사람들의 천진함, 그 믿기 힘든 숭고함, 그 자기 학대에는 기가 죽지만, 나는 자의식을 완전히 버리지는 못한다(아니면 버리고 싶지 않은 것일까). 누군가를 아무리 아끼고 사랑한다 해도 평생을 그 사람의 임종을 지키듯 살아갈 수는 없는 노릇이다. 제롬 그루프만이 즐겨 인용하던 키에르케고르의 말이 다시 생각난다. 인생은 회고할 때에야 비로소 이해할 수 있지만, 사는 것은 미래 지향적이어야 한다고. 문제는 그 깨달음이 보통은 뒤늦게 온다는 것이다.

그러면 무엇이 남는가? 마무리? 다시 말하지만, 세상에 마무리 같은 것은 없다. 조금이라도 좋으니 덜 힘들게 받아들일 수 있다면……. 그것은 시간이 흘러 이 모든 슬픔, 이 모든 감정의 층위가 어딘가 다른 데로 흩어졌을 때만 가능할 것이다. 아니면 우리가 슬픔에 익숙해져 그 감정이 점차 편안해지고 그 자체가 감정의 일부가 되고, 그 아픔에 점차 둔해질 때 가능할 것이다. 그러나 마무리는 있을 수 없으며, 망각은 허용되지 않는다. 사랑하는 사람을 잃은 사람의 슬픔은 그 사람과 함께할 그 순간까지 계속될 것이다. 그리고 그 순간은 머지않아 찾아올 것이다.

그때까지는 그렇다면, 무엇을 할 것인가? 니체의 일기 가운데 햇빛 환한 분주한 거리를 걸으면서 떠들썩하게 길을 메운 인파의 활기찬 모습을 한편으로는 부러워하고 한편으로는 언젠가는 죽어 없어질 텐데 저렇게 살아가는 사람들이 용감하다고, 심지어는 기특하게 여기는 대목이 나온다. 이 일기가 나에게 어떤 위안을 주었는데, 왜 그랬는지는 잘 설명이 되지 않는다. 어머니는 유방암으로 슬로언-케터링에서 화학요법을 받던 시기에 쓴 일기에 "명랑하라. 그리고 감정에 휘말리지 말라. 차분하라"고 다짐했다. 그러고는 바로 덧붙였다. "슬픔의 골짜기에 이르렀을 때는 날개를 펼쳐라."

어머니의 죽음은 그렇지 못했다. 그러나 결국 어머니의 이 말이 인간은 누구나 죽는다는 저 케케묵은 진리 앞에서 우리가 할 수 있는 최선이 아닐까.

슬픔의 골짜기에 이르렀을 때는 날개를 펼쳐라.

손택, 그대는 아직 존재하기를 멈추지 않았다

2004년 말, 신문에서 수전 손택 타계 기사를 보았을 때, 깜짝 놀랐다. 언제건 세계 어느 구석에서 급박한 사태가 발생하면 당장이라도 소매 걷어붙이고 달려들 것 같은 사람인데, 이 세계는 아직 손택의 뜨거움을 보낼 준비가 된 것 같지 않은데, 그 죽음은 너무 컸고 너무 갑작스러웠다. 백혈병이라는 명사가 주는 어떤 숙명적인 느낌에 충격은 더 컸던 것 같다.

큼직한 사건이 터질 때면 손택이라면 어떻게 생각했을까, 뭐라고 말했을까, 잠깐씩 궁금해하긴 했지만, 세계와 시간은 손택 없이, 더 좋아지지 않는 것이 무어 새삼스러우냐는 듯, 무심하게 흘러갔다.

2007년 말, 프랑스에 갔던 사람한테서 손택이 파리 몽파르나스에 묻혔다는 이야기를 들었을 때, 또 놀랐다. 왜? 왜, 거기지? 묘비명도, 아무것도 없이 무덤만 있더라고 했다. 수소문해 봤지만 뾰족한 설명은 나오지 않았다. 그저 손택이 살아생전 유럽 지성계와 친했으니까, 거기에 손택의 무덤을 가까이서 보살펴 줄 누군가가 있나 보다 생각하고 말았지만, 가끔은 궁금했다.

『어머니의 죽음—수전 손택의 마지막 순간들』이 손에 들어왔을 때는 그저 이 궁금증을 풀 수 있겠다 싶었다. 이름 낯선 저자가 손택의 아들이라니 더 신났다. 수많은 손택 독자들 중에서 내가 제일 먼저 그 비밀을 알게 될 거라는 생각, 그것 말고도 더 많은 비밀을 내가 제일 먼저 소유할 거라는 생각, 그뿐이었다. 손택의 독자라면 이런 소유욕을 이해할까? "위대한 작가는 남편 아니면 애인, 둘 중 하나"라던 손택의 말에 동의하는 사람이라면 손택을 애인으로 삼은 사람도 적지 않으리라. 그러나 책을 펼치자마자 숨 고를 틈도 없이 곧장 무거운 현실이었다.

이 책은 수전 손택의 아들 데이비드 리프가 어머니가 타계한 지 3년 뒤 어머니의 생애 마지막 몇 달을, 자연인 손택의 아들로서 때로는 작가 손택의 아들로서 때로는 환자의 보호

자의 눈으로, 기록한 책이다. 리프는 죽음과 공포, 죽음보다 길고 힘겨웠던 고통, 의사 또는 의료 체계의 문제, 어머니를 잃고 살아남은 아들의 죄의식과 끝내 떨쳐버리지 못할 부채의식을, 엄살이나 감상 없이 있는 그대로, 어쩌면 너무 냉정하게 서술한다.

손택은 1960년대 중반 문화비평으로 미국 지성계에 등장한 이래 이 세계의 모순에 정직하게 맞섰던 지식인이다. 아들 리프가 증언하듯 손택은 "진실을 향한 갈증이 그 어떤 것보다 우선이라고 믿는 사람"이었다. 그런 까닭에 때로는 적을 만들기도 했고 비난에 몰리기도 했으나, 거짓과는 타협하지 않는 삶을 살았다. 그러나 삶을, 살아 있음을 너무나도 사랑했던 손택은 백혈병이라는 사형선고 앞에서 진실보다는 생명을 갈구했다. 어머니는 거짓말을 듣고 싶어한 것이 아니라 살고 싶어했던 것이라고, 그래서 진실보다는 희망을 택한 것이라고, 아들은 아무런 원망 없이 증언한다.

그런 어머니를 위해서, 아니 어머니 대신, 희망이라는 이름의 거짓 사이에서 팽팽하게 줄다리기해야 했던 것은 아들이었다. 리프는 묻고 또 묻는다. 진실을 말했어야 할까, 할 수 있을 거라고 이길 거라고 더 열심히 응원했어야 할까, 아니면 현실을 받아들이라고 했어야 할까, 아니면 더 잘 숨겨야 하는 걸까?

사랑하는 이의 죽음을 앞에 둔 모든 사람이 이 물음을 묻고 또 물을 것이다. 결국 리프가 어머니를 위해 택한 것은, 어머니는 어머니가 원하는 방식으로 죽을 권리가 있다는 결론이었다. 그리고 어머니가 택한 방식대로, 마지막 순간까지 삶을 지속할 수 있도록 곁에서 지켰다. 그리고 살아남은 모든 이가 그러듯이, 리프는 여전히 "내가 어머니를 위해서 아무것도 할 수 없었다는 사실을 아직까지도 믿을 수 없다"며, 애태운다.

리프는 이 책에서 우리에게 손택의 비밀을 알려 주거나 하지는 않는다. 다만 그 힘 있고 명징하고 금욕적이다 싶을 정도로 정제돼 있으며 오로지 정면으로 대응하던 글 속에 숨어 있던 인간 손택이 잠깐씩 나타났다 사라질 뿐이다. 함부로 절망조차 허용할 수 없었던 젊은 날의 손택, "'가치 있는' 일을 해야 한다는 '걸스카우트적 강박관념'에 낭비한 시간" 대신 이제는 정말로 하고 싶었던 것을 하겠다고 꿈에 부풀었던 중년의 손택, 전신이 하나의 궤양으로 변해 가는 자신을 보며 "내가 꼭 베트남전쟁이 된 것 같다"고 "내 몸뚱이는 식민지를 건설하는 침략군"이라고 상상하는 투병 말기의 손택이. 『작가수첩』에서 우리에게 "어떤 사람인지를 깊이 이해할 수 있게 해 주지 못한" 카뮈를 아쉬워하던 손택이 정작 자신은 왜 진작에 드러내지 않았는지, 왜 자신에게는 그렇게 너그럽지 못했는지, 『어머니의 죽음』을 읽으면서 몇 번은 원망했던 것 같다. 리프의 편을 들면서.

"죽음은 상식일 뿐"이라는 토머스 모어의 느긋한 태도를 모든 사람이 공유하는 것은 아니겠지만, 손택은 유별나게 죽음을 두려워했다. 마지막 순간까지도 죽음이란 말을 입에 올리지 않았을 정도로.

삶을, 이 세계를 너무나 진지하게, 정직하게 대했던 손택에게 마지막 순간 이런, 선택 없는 선택을 강요받았다는 사실, 손택이 정직할 수 없었던, 끝까지 정면으로 응시할 수 없었던 문제가 삶의 마침표였다는 사실이 가혹한 역설로만 느껴진다.

다만 죽음을, 이 세계에 더 이상 존재하지 않을 것을 너무나 두려워했던 손택에게 당신이 틀렸다고 한마디만 해 주고 싶다. 당신은 존재하기를 멈추지 않았다고. 여전히 여기에 살아 있다고, 너무나 많은 사람이 당신을 읽고, 당신의 의지와 도전을 배우고, 여전히 당신과 대화하고 있다고. 그것이 손택에게 위안이 될지는 모르겠지만.

책의 마지막에 이르러 과연 몽파르나스에 얽힌 궁금증은 해명이 되었다. 그러나 그것은 더 이상 중요하지 않았다. 손택이 이윽고 눈을 감았다는 것만이, 그 공포와 고통을 끝냈다는 사실만이 중요했다. 손택의 무덤은 아직 몽파르나스 묘지 내부 표지판에 올라 있지 않아 리프의 말만큼 찾기가 쉽지 않을 것이라고 한다. 혹시나 손택을 직접 찾아 인사하고픈 이가 있을까 하여 무덤 주소를 덧붙인다.

Allè Chauveau Lagarde, 2e Division 2e Section, 1est Ligne, 28 nord.

2008년 6월,
이민아